私のことを忘れずに
リスペクトしつづけてくれた
古き友たちへ

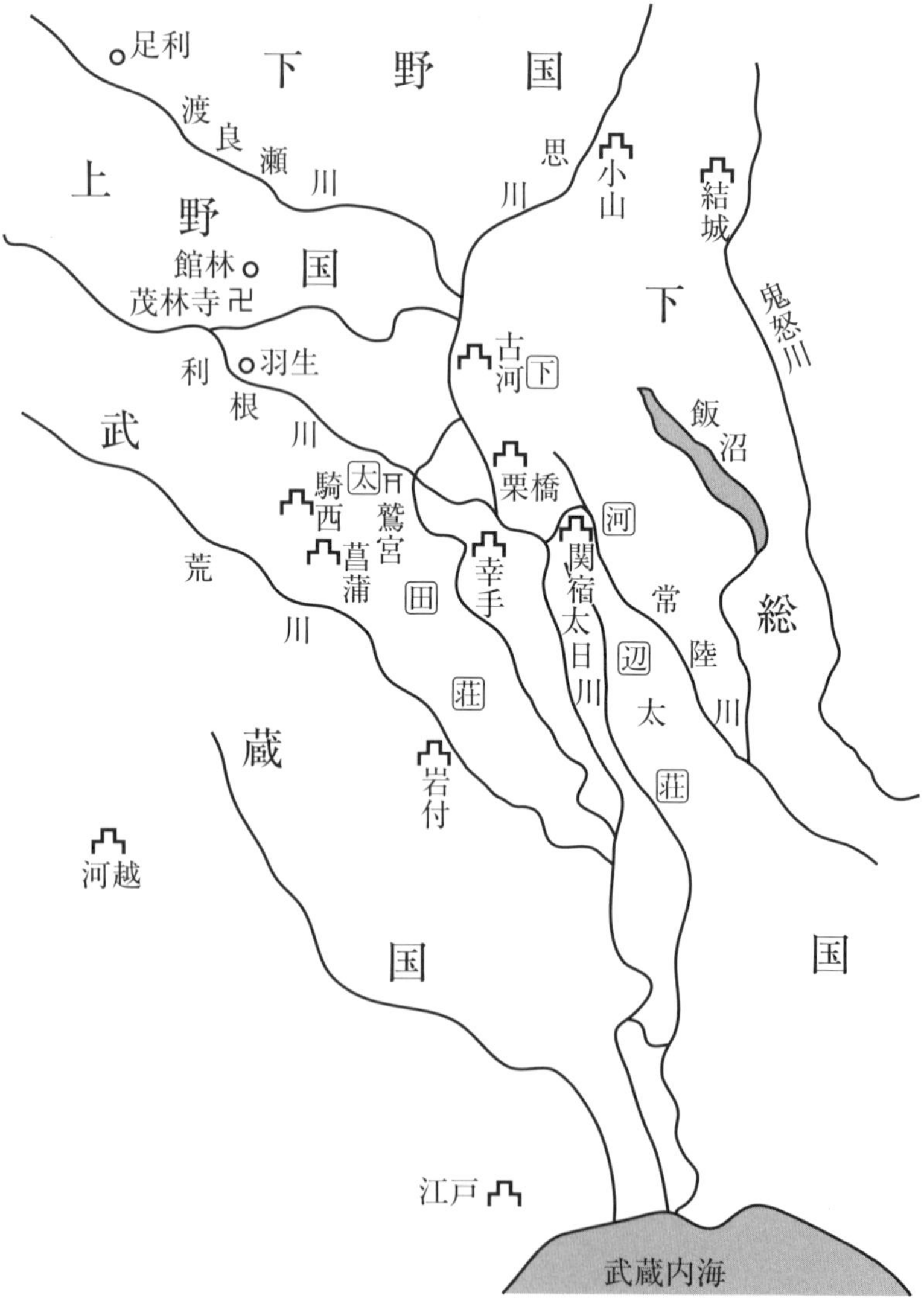

足利
下野国
渡良瀬川
上野国
思川
小山
結城
館林
茂林寺
下総国
鬼怒川
古河
羽生
利根川
飯沼
武蔵国
騎西
鷲宮
栗橋
菖蒲
幸手
関宿
荒川
常陸川
太日川
太
下
河
辺
荘
太
田
荘
岩付
河越
江戸
武蔵内海

序章　籠城の果て

春の光がまぶしい午後であった。城中をけだるいような静けさが支配していた。千人ちかい人間がいるというのに、話をしている者は誰もいない。かさこそと、わずかに身動きをする音がするばかりだ。

本丸のやや西に位置する本殿の中は薄暗く、うずくまる人々の黒い影がそこかしこに存在した。結城氏朝《ゆうきうじとも》は、やっとの思いで立ち上がると、奥の間から廊下を渡り、外へ出た。庭にすわり込んでいるおびただしい兵をよけながら、城の東側にある板塀まで歩いていった。板塀の矢狭間《やはざま》から外をうかがうと、数え切れないほどの敵兵が城を囲んでいるのが見える。様々な意匠の旗がひるがえっていた。敵は、籠城している味方の数倍の兵力を有しているのである。

城の東と北は崖になっていて、城はいちだん高いところにある。二町（約二百二十メートル）ほど離れた、ひときわ高い木々が目立つこんもりとした森に囲まれた社《やしろ》に、敵の総大将である上杉清方の本陣がある。

城の外からは、馬のいななきや、時折わきおこる敵兵たちの笑声が聞こえてくる。敵は兵糧が十分足りているのであろう。それに比べて、城中では兵糧が尽きようとしていた。

このところ敵はさっぱり攻めてこなくなった。一ヶ月以上もこの状態が続いているのである。無理に攻めなくても、そろそろ兵糧がなくなる頃だとふんで、持久戦に切り替えたようだ。

結城氏朝が、先の鎌倉公方足利持氏《くぼうあしかがもちうじ》の遺児である安王丸・春王丸を擁して結城城で挙兵したのは、今から一年以上前の永享十二年（一四四〇）三月のことである。関東管領《かんれい》上杉氏は室町幕府と結託して、鎌倉公方持氏とその嫡男義久を滅ぼした。公方亡き後の関東は、管領上杉氏に権力が集中した。管領職を別にすれば、他の諸将と同列である上杉氏の勢力が増すことに、不満をつのらせた諸将は多かった。

特に、長年にわたり公方家に忠心を尽くしてきた結城氏朝にとっては我慢がならなかった。

「公方様を補佐すべき管領の身でありながら、公方様をないがしろにするとは断じて許せん。幕府に媚びへつらうなど、もってのほか。関東には関東の仕置きがあることを思い知らせてやろうぞ」

挙兵した氏朝の元には、信濃の大井持光、相模の大森伊豆守、同じく一色伊予守《いよのかみ》らが馳せ参じた。そして、里見氏も入城したのである。また、結城から数里ほど南西にある古河《こが》城では、公方直臣の野田右馬介、矢部大炊介らが呼応した。

室町幕府は、これを由々しき事態と見て、先の関東管領上杉憲実《のりざね》の弟である清方を越後から呼び寄せ総大将にすえ、扇谷《おうぎがやつ》上杉持朝を副将として結城城へ向かわせた。当時の上杉氏は相模や武蔵の守護として一大勢力を誇っており、鎌倉の館がある地名から山内《やまのうち》や扇谷などと呼ばれ、数家に分かれていた。最も力があったのが山内上杉であり、それを補佐する立場にあったのが扇谷上杉であった。

結城城に立てこもった結城氏朝らは、幾度となく寄せてくる敵をその都度、撃退した。そして、一年以上が過ぎた。だが、もう限界だった。

結城氏朝は館にもどると、籠城している武将たちを奥の間に集めた。里見家基、大森伊豆守、一色伊予守ら、十数人の武者が、いずれも憔悴しきった顔をして、板の間にあぐらをかいていた。

結城氏朝はだるまを思わせる顔で一同を見まわすと、重々しく口を開いた。

「おのおの方、我ら一年あまりにわたり、この城を守って参ったが、ついに兵糧も尽き申した。もはや、これまでと存ずる」

場を重苦しい雰囲気がつつんだ。皆、心の中では薄々感じてはいたが、はっきり口に出して言われると、ついに来るべき時がきたという思いにかられた。

「致し方ござりますまい。こうなっては、最後にひと花咲かせて、いさぎよく散るまでじゃ」

里見家基が同意を求めるように皆の顔を見渡す。大森伊豆守も大きくうなずいた。

「なれど、口惜しうござる。公方様の大恩を忘れた輩《やから》が上杉方につかなければ…」

大井持光が歯がみをする。かつては公方方についていて、今は上杉方についている小山《おやま》氏や宇都宮氏のことを暗に指して言っているのである。

結城氏朝は、それを引き取るように力強く言った。

「お気持ちは重々わかりまする。なれど、ここが潮時でござる。我らの義、関東はもとより、遠く京の都へもとどろきましょうぞ」

皆は感極まったように高揚した気持ちになった。

「ひとつ気がかりなのは、公方様のお子たちでござる。何としても逃れさせ遊ばし、公方家の血を絶やさぬようにしなければなりませぬ」

そう冷静に言ったのは、一色伊予守直満《なおみつ》であった。一色氏は鎌倉公方の重臣であり、それだけ公方家の行く末を案じていたのだ。

「それよ、一色殿。よくぞ申してくれましたな。拙者も、それが気がかりでな」

結城氏朝は我が意を得たりとばかりに、ひざをポンとたたく。

「しかし、この包囲をかいくぐるとなると…」

一同はふたたび思案顔になる。

「おそれながら申し上げます」

後ろの方から、そう声がした。声がした方を見ると、どこかの家来らしき三十がらみの男が、両手を床についてこちらを見ていた。

「おお、おぬしはたしか御厩衆《おうまや》の…」

御厩衆とは公方家に直接奉仕する職能集団で、馬の飼育と管理、また公方文書の送達役を務めた。それだけ諸国の事情に明るく、情報収集などの忍びの役割もになっていた。

「国府野又七でござりまする。遠慮はいらぬ、何なりと申せ」

一色伊予守がうながす。

「はッ、安王丸様、春王丸様におかれましては、まだお若きゆえ、ここは女子《おなご》に身をやつして敵をあざむくのが良策かと」

「なに、女子にか」

結城氏朝は困惑の表情をうかべる。

「公方様のお子に女子の恰好をさせるなど感心いたしませぬ」

何人かから反対の声があがる。

「なれど、そのようなことを申している状況ではありませぬ。妙案かと」

一色伊予守が賛意を示すと、同意する者が続出した。

「あいわかった。国府野又七とやら、おぬしにお任せいたす」

「ははっ」

「万寿王丸様は幼きゆえ、拙者が抱いて逃げ申す」

一色伊予守が口をはさむ。

「おふた方、お頼み申す」

結城氏朝は、わらにもすがる思いで二人を見て、深々と頭をさげた。

そのころ、結城城をとりまく室町幕府を後ろ盾とする関東管領上杉勢の中に、結城城の西に陣を構える小山氏の軍勢も混じっていた。その数、およそ三百。

木陰になる場所に張られた幔幕《まんまく》の中で、当主の小山持政《もちまさ》は床几《しょうぎ》に腰をおろし、高台にある城をいまいましげににらみつけていた。

城を囲んで、すでに一年余りが過ぎた。小勢が籠城している、さして堅牢とも思えない城ひとつ落とせないとは、関東管領上杉の力も大したことはない。そして、それを後押ししている幕府さえもだ。小山持政はそう思っている。

だが、いずれ城は落ちる。所詮、無謀な挙兵だったのだ。首謀者の結城氏朝は、小山持政の叔父にあたる。氏朝は元々は小山家の人間であり、持政の父の弟だ。結城家に養子に入って結城家を継いだ。結城家と小山家は元来親戚のようなものだ。というより、結城家は小山家にとって主家にあたる。

小山持政は、結城家、ひいては公方家に味方せず、上杉方についたことに、いささか後ろめたさを感じていた。

(仕方がなかったのだ)

持政は自分に言い聞かせた。なるほど結城氏朝の公方家再興の夢は美しい。武人として、そうした生き方にひかれなくもない。だが、現実を直視すれば、今回の出来事は小山氏にとって結城家の風下から脱出する絶好の機会であった。あえて結城家と敵対する管領方につくことによって、小山家の将来に展望が開ける。小山持政は冷徹な考えを選んだのだ。

(叔父殿、仕方がないのだ)

小山持政は、結城城に悲しげな目を向けた。

そのとき、幔幕の外で兵たちのざわめきが聞こえてきた。そのうちに、怒声も飛んで、いっそう騒がしくなった。

小山持政は、たまらず立ち上がって幔幕の外に出た。

すこし離れた前方で、兵たちが何者かを取り巻いているように見える。

「助左衛門、何の騒ぎじゃ」

「は、城中から出てきた者がおり、兵たちが取り囲んだところでございます」

「なに、城中から…。えい、兵を鎮めよ」

「ひかえい、ひかえい、道をあけよ。お館《やかた》さまのお出ましなるぞ」

幾重にも輪を作っていた兵たちがさっと道をあけると、子供をかかえた武士とその従者とおぼしき雑兵二人が立ちつくしていた。小山持政は大股で近づいていった。

武士はやつれて着ているものも汚れていたが、凛とした態度は失っていなかった。落ち着いた表情で目はおだやかであった。都風といおうか、ここらの武士とは明らかに違う風情が漂っていた。

小山持政は、その顔に見覚えがあった。かつて、鎌倉公方足利持氏に拝謁したときに同席していたはずである。その後、酒席でも言葉をかわしたことがあった。

「もしや、一色伊予守殿ではありませぬか」

武士は、持政の方を見た。

「いかにも、一色直満でござる。小山持政殿、お懐かしい」

一色伊予守は感慨深げに目を細めた。

「鎌倉以来でござりましょうか。二年ぶりかと。まさか、このような所でお目にかかるとは」

小山持政は、一色伊予守が抱いているお子に目をやった。まだ、七、八歳であろうか。幼い中にも気品が感じられる。これが血筋というものか。小山持政は感心した。

「一色殿、そのお子は、もしや万寿王丸様ではござりますまいか」

「さよう、亡き公方様のご四男万寿王丸様でござる」

小山持政は、かしこまってひざまずいた。それを見て、兵たちも一様にひざまずいた。

「小山殿、ひとつ頼みがある。我らを見逃してくれぬか」

「しかし…」

「そなたとて、心は今でも公方様のご家来衆のつもりなのではありますまいか。こたび管領方についたのは、やむをえぬ仕儀であったとご推察いたしまする。そなたの忠義は亡き公方様とてわかっておりまするぞ。今は敵方であっても、いずれ公方家再興の折には、また力をお貸しいただきとう存ずる」

「これは、もったいなきお言葉…」

小山持政は、言葉をつまらせた。ふだんは能面のような無表情な顔に赤みが差した。

「わ、わかり申した」

持政は立ち上がって向き直ると、兵たちに指示した。

「一同、道をあけよ。公方様のご遺児万寿王丸様をお通しせよ」

「小山殿、かたじけない」

「さ、早く。我らとて、上杉に見つかれば、ただでは済みませぬ」

「かたじけない、小山…」

一色伊予守に抱かれたお子が言葉を発した。何のけがれもない、はっきりとした声であった。

小山持政は、あっけにとられ、とっさに言葉が出なかった。

一色伊予守と従者二人は足早に立ち去った。抱かれたお子は、一色伊予守の肩越しに持政をいつまでも見ていた。その目はどこまでも澄んでいた。

「おいたわしや…」

小山持政の目から涙がこぼれ、頬を伝わった。

一色伊予守とお子は、無事上杉の包囲網を突破できるだろうか。そして、この先万寿王丸様の行く末はどうなるのだろうか。持政は祈るような気持ちで一行を見送った。

「助左衛門、万寿王丸様を途中までお送りしろ」

日はすでに傾きかけ、一行の姿は薄暮にまぎれて、やがて見えなくなった。


万寿王丸と同じく鎌倉公方足利持氏の遺児である安王丸と春王丸は女子に化けて、公方家の御厩衆の頭目である国府野又七に連れられて逃げたが、途中で捕らえられ、京に送られ亡き者にされた。万寿王丸は、信濃の大井持光の伝手で木曽山中にかくまわれ生き延びた。

これより三日後、上杉方の総攻撃により結城城は落城。結城氏朝ら主だった武将は自害して果てた。

だが、その後も関東ではあちらこちらで乱が勃発した。それを鎮めるために、幕府は鎌倉公方の復活を決断した。先の公方の遺児である万寿王丸に白羽の矢が立ち、元服《げんぷく》して鎌倉公方の座に就くことになるのである。だが、それは新たな争いの始まりでもあった。

第一章　布石

1

真夏の午後の日差しがまぶしい。草の生い茂った堤《つつみ》を数十騎の騎馬武者が縦一列でゆっくりと越えていく。足取りは重い。騎馬に付きしたがう従者も一様にがっくりと頭《こうべ》を垂れている。

河原には青々とした葦《あし》が繁茂し、その中を縫うようにできた曲がりくねった道を騎馬軍団はたどっていた。やがて、葦の原は途切れ、砂地の河原に出た。

先頭の騎馬が歩みを止め、後ろからきた騎馬たちは横に広がって歩みを止めた。

「上様、この川を渡れば、古河《こが》でござります」

先頭の武者が振り返って、数騎うしろにいる白馬にまたがった大将とおぼしき武者に話しかける。

「やっと、来たか…」

大将である武者は若い顔に安堵の色をうかべて、ひとり言のように言った。

そして、かぶとの下の目を細めて、前方を見やった。

川は渇水期で水量は少ないとはいえ、幅が二十間（約三十六メートル）ほどある大きな川で、このあたりで太日川と名を変えて、武蔵の内海（現・東京湾）に注いでいた。上流は渡良瀬川と呼ばれ、大将の祖先の出自である足利へも通じていた。

この気品のある風格を備えた武者は、鎌倉公方《くぼう》の足利成氏《あしかがしげうじ》で、まだ二十二歳の若さであった。

成氏が脇に目をやると、すぐ横には五十に手が届こうかという老武者が肩で息をしていた。

「直満、大丈夫か」

成氏は、心配そうなまなざしを向けた。

「なんのこれしき。上様、拙者は歴戦のつわものでござりまするぞ」

一色伊予守直満は、大きな目をむいた。

成氏は柔和な表情になった。

「それだけの元気があれば、大丈夫じゃの」

一色氏は代々鎌倉公方に仕える重臣であった。成氏は幼い頃に父を亡くしていた。父持氏は四代鎌倉公方であったが、室町幕府と関東管領《かんれい》上杉氏と対立し、自害に追い込まれたのであった。それだけに、成氏は一色直満を父のように感じていた。実際、結城合戦の折は、幼子だった成氏は一色直満に抱かれて窮地を脱したのであった。

「上様、対岸にわが従兄《いとこ》持忠が見えたようでござりまする」

先頭に立って道案内をしてきた若武者が成氏に告げた。

「上々至極、氏範《うじのり》、案内せよ」

「はッ」

野田氏範は一礼すると、浅瀬を選んで川に馬を入れ、水しぶきを立てながら川を渡り始めた。

足利成氏たちも、これに続いた。

対岸では、日焼けした顔をいくぶんしかめた騎馬にのった武者が、川を渡ってくる騎馬集団をまぶしそうに目を細めて見つめていた。川面に光が反射しきらきらと輝いている。騎馬数騎を従えたその武者は、古河城を拠点とする野田右馬介《うまのすけ》持忠である。

（無事に着いたようじゃ）

野田右馬介持忠はほっとした表情をうかべる。

やがて騎馬集団は川を渡り切り、野田右馬介の前まで来た。

野田右馬介以下の武者は馬を下り、地面に片膝をついてこうべを垂れた。

「上様、遠路、よくぞご無事で祝着至極に存じます」

「うむ、右馬介、迎えご苦労である。そちも元気そうで何よりじゃ」

足利成氏は、長旅の疲れも見せず晴れやかな顔でねぎらいの言葉をかける。

「はッ、早速ではござりますが、古河城までご案内つかまつりまする」

野田右馬介は馬にまたがると一行を先導し始めた。

古河城までは一里半（約六キロメートル）ほどの道のりである。

古河は下総国《しもうさのくに》の北西端（現・茨城県最西端）、関東平野のほぼ中央に位置していた。太日川を通じて、常陸《ひたち》、武蔵、下野《しもつけ》などと水運で結ばれ、武蔵の内海にも達することができる交通の要衝であった。すぐ北には、小山《おやま》、結城《ゆうき》、宇都宮など公方を支える有力諸侯が控え、武蔵・相模・上野《こうづけ》をほぼ手中に収める上杉勢と対峙するのにも都合がよかった。

半時ほどして足利成氏一行は、古河城に入った。古河城は、公方家奉公衆《ほうこうしゅう》の重臣である野田氏の居城となっており、西を渡良瀬川の流れ、他三方を堀に囲まれた要害であった。しかし、当主の野田右馬介持忠もまた足利成氏らとともに各地を転戦していたために、城は手入れが行き届かず丈の高い夏草におおわれていた。

戦をともにしてきた結城氏、千葉氏などの公方家を支える諸氏もそれぞれの領地に帰り、古河近辺に残ったのは野田氏の他、成氏に従ってきた一色氏などわずかに過ぎなかった。野田氏と同じ奉公衆である簗田《やなだ》氏も近くの領地に帰った。

成氏は主殿《しゅでん》の板の間によろいを脱いで寝ころんだ。野田右馬介や一色直満などは次の間で休み、縁《えん》にも足の踏み場がないほど家臣たちが休んでいた。従者などは庭の木によりかかって、いびきをかいている者もいた。

やがて夕刻になった。いま、成氏は久しぶりに湯を使い、くつろいだ表情で夕げの膳をまえにすわっていた。野田右馬介と一色直満もご相伴にあずかり、座を囲んでいた。

主殿といっても、さほど広くはなく、畳でいえば十二畳といったところか。板の間なので、わらで編んだ円いござを敷いていた。夏とはいえ日が沈めば、時おり川からそよ風が吹いてきて涼しく感じられた。

「殿、まずは一献《いっこん》」

野田右馬介が成氏に白くにごった酒を注ぐ。にごり酒だ。

公の場では「上様」と呼ぶが、内輪だけなら「殿」と呼んだ。その方が手っ取り早いし、親しみもわくというものだ。

成氏は、白い皿のような盃《さかずき》に注がれた酒を一気に飲み干した。

「む、うまい。まこと、このような日々が続けばよいが、そうもいかぬな」

「上杉の奴らは、幕府を後ろ盾に強気でありますからな。それにしても、このようなむさ苦しい所に殿をお迎えしなければならず、心苦しい限りでござりまする」

野田右馬介は面目なさそうに長い顔をうつむける。

「おいたわしや、都を落ちて、このようなわびしい地に御移りにならなくてはならぬとは」

一色直満は、袖で涙をぬぐう。

「これこれ、やめんか。せっかくの酒がまずくなる」

成氏は端正な顔をいくぶんしかめながら盃を置いて続けた。

「直満も右馬介も今はそんなことを言っている場合ではないぞ。雨露がしのげるだけでも、わしは満足じゃ。結城、小山、宇都宮も後ろに控えておる。古河は腰を落ち着けるのに、まさにうってつけの場所じゃ。何より、右馬介や簗田持助がいるのが頼もしい限りであるぞ」

「ははあーッ、もったいなきお言葉！」

野田右馬介は平伏する。

永享《えいきょう》の乱で、成氏の父足利持氏が滅亡すると、鎌倉府は十年ちかく公方不在であった。その間、関東各地で乱が勃発したため、室町幕府は足利成氏を公方として鎌倉に下向させる。だが、父や兄弟を殺された成氏は、上杉への遺恨を抱き続け、再び公方家と管領家は対立する。そして享徳《きょうとく》三年（一四五四）十二月、関東管領上杉憲忠《のりただ》の殺害を機に享徳の乱へと突入する。当初、戦《いくさ》は足利方の優位で展開したが、幕府からの要請を受けた今川軍が駿河《するが》から援軍にかけつけると、公方軍は敗走。下総古河へ落ち延びることになるのである。

「それ、今宵は存分に飲み明かそうぞ」

「はッ、おい、どんどん酒を持って参れ」

うらさびれた屋敷に、久々に屈託のない笑い声が響いたのであった。

翌朝、すこし遅く目覚めた成氏は、庭をそぞろ歩いた。主殿の前の庭は荒れており、草が生い茂っていた。主殿の北側は台所の棟があり、その北には城の警固のための詰所があった。それぞれの棟は渡り廊下で結ばれていた。台所の奥には厩《うまや》があり、時おり馬のいななきが聞こえてきた。

建物といえば、それだけだった。敷地はやたらに広く、南北に長い長方形で、南の方は背丈を超えるような雑草がはびこっているせいもあり、どこまでが領域なのか定かではなかった。

「殿、朝げの用意ができましたぞ」

野田右馬介が、主殿の廊下から身をのりだして呼ばわった。

その遠慮のなさは、鎌倉御所では考えられないことであったが、成氏は主従の垣根を取り払ったような態度をむしろ好ましく思った。成氏は笑みをうかべて、大声で返した。

「おお、いま行く」

六畳ほどの広さの板の間には、上座に膳がすえられていた。成氏は、膳を前に丸ござの上にあぐらをかいた。膳の上には、刻んだ菜の入ったかゆと、香の物、味噌で煮つけた小ぶりの川魚がのっていた。川魚は、ふだんは朝げの膳にはのらず、成氏のために特別にあつらえたものであろう。

「右馬介、そちの膳も持って来させよ。一人では味気ない」

成氏は、下座に控えている右馬介に言った。右馬介は嬉しそうに相好をくずすと、さっそく下働きの者に膳を持ってこさせた。あまりの手回しの良さから見ると、あらかじめ用意してあったものとみえる。成氏は笑みを禁じえなかった。右馬介の膳には川魚はなく、代わりに焼き味噌がのっていた。

「では、いただくとするか」

成氏は飯椀を手に取る。

「かゆか…」

成氏が思わず言葉をもらすと、右馬介は耳ざとく聞き逃さなかったとみえ、

「殿、お気に召さなんだか」

右馬介の顔に緊張が走る。

「いや、かまわん。鎌倉では、湯漬けを食しておったのでな」

「これは気が付きませんで。明日からそうさせまする」

座には重苦しい空気が漂った。成氏にも家来に気まずい思いをさせてしまったという反省がある。

「む、この香の物はうまいの」

「左様でございまするか。実は、拙者がみずから漬けたものでございまする」

右馬介は満面の笑みをうかべる。成氏は驚きの色を隠さない。

「なに、右馬介がか！　これは意外。そちに、そんな器用さがあったとはな」

「殿、これは一本取られましたな」

右馬介は大笑いし、以後なごやかに食事はすすんだ。


朝げが済むと、成氏は今後のことについて右馬介と打ち合わせをした。

「うむ、で、右馬介、そちはこれからどういたす?」

「はッ、拙者はここからほど近い鴻之巣というところに陣屋がござりますれば、そちらに」

「じゃが、そちはこれから普請の役目を務めねばなるまい。そこから通うとなれば、いささか不便であろう。できるだけ城の普請も急がねばなるまい」

「それは、全力を尽くして」

「ならば、どうじゃ。わしがその鴻之巣の陣屋に行くというのは」

「滅相もござりませぬ。陣屋と申しても、あばら家同然。とても上様が住まわれるところではござりませせぬ」

「はは、心配いたすな。一度はとらわれの身となったわれであるぞ」

本当はつらいはずなのに、そんな弱みはすこしも見せず、屈託なく笑う成氏を見て、右馬介はこのお方のためなら命を賭してお仕えする覚悟を、改めて心に誓うのであった。永享の乱で父と長兄を失い、そして結城合戦ではまだ幼い二人の兄を殺された身でありながら、強い意志と家臣への思いやりの心を持ち続ける姿に、感服するばかりであった。また、成氏は室町幕府を開いた足利尊氏《たかうじ》の血統に連なる高貴さを備えていた。田舎侍の右馬介から見れば、それはもう生まれながらの品格といったものであり、自分など到底及びもつかないものであることが明白であった。このような高貴なお方に仕えられることが、右馬介をはじめとする直臣、奉公衆、そして諸侯にとって誇りなのであった。

鎌倉府は、関八州に甲斐《かい》と伊豆を加えた十国を統治するが、その礎《いしずえ》をきずいたのは足利尊氏であった。東国に下向した将軍尊氏は東国平定のため自ら奮戦し、その凛々《りり》しい姿は関東の諸侯を魅了したといわれる。小山、結城、佐竹、武田氏などが短期間のうちに尊氏軍に従った。右馬介は、小山持政《もちまさ》、結城成朝《しげとも》などから、足利尊氏の武者ぶりを何度か聞かされたことがある。代々語り継がれてきた話のはずなのに、その話しぶりはまるで自分が見てきたような熱の入れようなのである。たぶん、そうした尊氏の印象を成氏の姿に重ねているのであろう。彼らにとって関東公方というのは、神格化された存在なのだ。弓を引くなどということは、到底考えられないことであった。

足利尊氏は、味方した諸侯に対して恩賞として所領を与えることでその労に報いた。やはり、その辺が大事なのであって、人は自分の働きが利益に結びつかないと不満が残るのである。鎌倉公方が独自に恩賞の給付ができるという大きな権限を確立したのである。鎌倉府が、室町幕府に匹敵する権限を有するのは、尊氏の功績なのである。それでこそ諸侯が鎌倉公方に忠節を誓うのだ。

さらに、坂東武者の血を引く彼らもまた、純朴で一途な面を持っており、それが長く関東に公方を頂点とする秩序をもたらしているのかもしれない。

「ならば早速、鴻之巣陣屋を整えますゆえ、しばしのご猶予を」

そう言って部屋を出た右馬介の目には、うっすらと涙がにじんでいた。


二日後、足利成氏は鴻之巣陣屋に移った。鎌倉より行動を共にしてきた一色直満が随行した。

鴻之巣陣屋は、古河城から十町（約一・一キロメートル）にも満たない近さであったが、あいだに広大な沼が存在するため、大きく迂回しなければならなかった。陣屋は、沼に半島状に細長く突き出た高台にあり、三方を沼に囲まれ防御の面では恵まれた場所にあった。

夏の日差しが周囲の林にさえぎられる夕刻近く、成氏は一色直満を連れて敷地内をそぞろ歩いた。あたりには草いきれがたち込め、刈ったばかりの雑草がうず高く積まれていた。野田右馬介が家臣に命じて、急きょ草を刈らせ、建物の修繕をさせたのだが、なにぶん中一日という時間のなさゆえ、急場しのぎという印象は免れなかった。敷地も草を刈っただけであり、木々は伸び放題だった。見えるはずの沼も、木々の間から水面が光り輝くのがわずかに見えるだけで、斜面を下りて沼の水ぎわに行くことはできなかった。

二人は折烏帽子《おりえぼし》をかぶり、帷（かたびら）といわれる裏地のない麻布の小袖姿で林の前にたたずんだ。当時、烏帽子は寝るとき以外、脱がなかった。

「まるで、兼好法師になったような心地がするぞ」

成氏はため息をつく。成氏は白の帷、一色直満は紺色を着ている。

「左様でござりまするな。いずれ、庭も手を入れねばなりますまい」

その時、背後から足音が聞こえ、二人はそろって振り向いた。御雑色《おぞうしき》と呼ばれる公方家に仕える者が、近づいてきて片ひざをついた。

「何用じゃ」

「申し上げます。ただいま、簗田様がお見えになりました」

「む、座敷に通しておけ。すぐに参る」

成氏は屋敷にもどるべく歩き出した。

「殿」

成氏は、一色直満に呼び止められて、顔を向けた。

「直満、そちも同席せよ」

「おそれながら、拙者はもうすこし風にあたっていようかと」

成氏は一瞬けげんな顔をしたが、直満の疲れたような表情を見ると優しく言った。

「直満、無理をするな。今宵は早く休め」

「ははッ」

屋敷にもどる成氏の後ろ姿を、一色直満は目を細めて見送った。

(ご立派になられた。もう、わしの出る幕ではないのやも知れぬ)

直満の脳裏には、結城合戦において幼い成氏を抱いて、敵陣をかいくぐって逃げ延びた思い出がよみがえった。

成氏が座敷に入ると、簗田持助がすわって待っていた。成氏は上座にすわり、声をかけた。

「持助、ちょうどいいところに参った。いろいろ相談したいことがある」

平伏していた簗田持助は顔を上げた。持助は年頃、成氏と同じぐらいで、まなざしに聡明で冷静そうな光を宿していた。口は真一文字に結ばれ、鼻筋の通ったきりっとした顔立ちをしていた。

簗田持助は、古河の南東一里半ほどのところにある、下河辺荘《しもこうべのしょう》の一角の水海《みずうみ》というところに城を構えていた。下河辺荘は、古河から南東に流れる常陸川(現・利根川)沿いに広がる公方家の御料所であった。

公方家奉公衆の中では、野田氏とともに在地の直臣であり、梶原氏、二階堂氏といった鎌倉在住の奉行衆《ぶぎょう》をしのぐ勢いがあった。

「これは、あまりにひどうござりまするな。古河城の普請を急ぎませぬと」

持助は部屋を見回しながら、顔をくもらせた。

仕切りの障子は全部張り替える余裕がなかったとみえ、破れたところだけ張り替えてあった。古いところは黄ばんでおり、新しく張ったところはまっ白で、見事なまでの市松模様を形づくっていた。天井は雨漏りの跡がしみになっており、公方が住む屋敷にふさわしいとはとても言えなかった。

「その点は、右馬介に急ぐよう命じておる」

「しかしながら、野田殿は上様が住まう御所など手掛けたことはござりませぬ。公方家にふさわしい屋敷ができるかどうか、いささか心配でござりまする」

成氏もさすがに自分のやり方にあからさまに異をとなえる簗田持助に反発したとみえ、むっとした表情になった。

「その方《ほう》、そこまで言うからには、何か考えがあってのことであろうな。申してみよ」

「はッ、おそれながら申し上げます。ここは、やはり鎌倉より職人どもを連れてくるのが上策かと」

「だが、鎌倉は上杉に押さえられておる。どうやって鎌倉に入るというのじゃ」

「雪下殿《ゆきのしたどの》にお力添えを願ってはいかがでしょうか」

「なに、尊成《そんじょう》に」

成氏はその手があったかと、目からウロコの落ちる思いであった。

尊成は成氏の弟で、鶴岡八幡宮若宮別当である雪下殿となっていた。寺の事務を取り扱う長官であり、関東宗教界の頂点に立つ存在であった。当時、僧侶は敵の領地といえども通行は自由で、遠く離れた味方との連絡役として重宝がられていた。

「さすが持助、いいところに気づいたの。さっそく尊成に書状をしたためよう。右筆《ゆうひつ》を呼べ」

成氏は、座敷の隅に控えていた雑色の者に命じた。そして、聡明で思慮深い簗田持助と豪放で人望のある野田右馬介を両輪として、公方家の運営を図っていく構想を描いていた。

その夜、夕げをはさんで、成氏と簗田持助の協議は夜半までつづいた。

2

年が明けて康正二年（一四五六）の正月を迎えた。公方家《くぼうけ》では、落成なった古河城主殿《こがじょうしゅでん》においての正月行事が行われた。

元日は、本来ならば関東管領《かんれい》が公方に拝謁し、椀飯《おうはん》の儀式が執り行われるのであるが、上杉氏と対立している今ではそれも行われなかった。城下にいる直臣たちを集めた行事だけが行われた。多くの直臣たちが大広間に居並び、入りきれない者たちは襖を取り払って次の間にまで居並ぶ盛況ぶりだった。

昨年末、古河城は全面的に増改築され、関東公方の御所にふさわしい規模と威風をそなえた館として落成なっていた。簗田《やなだ》持助の進言通り、鎌倉から大工、左官、彫刻師などが呼び寄せられ、普請ははかどった。物資が各地から運び込まれ、河港はにぎわい、材木商の土蔵などが建ち始めた。それに伴い、鎌倉からさまざまな商人が移ってきて活況を呈した。重臣たちの屋敷や関東各地の諸侯の宿所も建てられ、城下町を形成した。

古河城は、主殿がほぼ倍の広さに増築されたほか、その東に御台様《みだいさま》や女房衆の居住する向居殿、北に猿楽や舞なども行われる桟敷殿《さじきでん》が新たに建てられた。台所も大幅に拡張された。西側に設けられた立派な四足門《しそくもん》をくぐると城内となる。城内は堀と土塁で囲まれ、門の横には物見櫓《やぐら》が立っている。門を入って北に向かうと左に奏者所《そうじゃ》、右に御雑色《おぞうしき》の詰所がある。奏者所には奏者番がいて、来客などの用件を取り次ぎ、屋敷に案内する。奏者所の奥には政所評定衆《まんどころひょうじょうしゅう》の詰所があり、政務を執り行っている。主な建物は渡り廊下でつながっており、主殿、向居殿、桟敷殿には縁《えん》がめぐらされていた。

主殿に集まった一同は皆、裏打直垂《うらうちひたたれ》という正装姿で、直垂と同色の袴をつけており、もちろん烏帽子《えぼし》をかぶっていた。太刀《たち》は控所にいる従者に預け、黒太刀と呼ばれる黒漆塗りの腰刀を帯びていた。浅黄、茶、萌黄《もえぎ》など色とりどりの直垂姿の直臣たちが居並ぶ光景は壮観であり、公方家の威勢を示すのに十分であった。

やがて、一段高くなった上座に、公方足利成氏《あしかがしげうじ》が二人の御供衆《おともしゅう》とともに姿を現すと、一同は平伏した。

「苦しゅうない、表をあげえい」

成氏のよく通る声で、一同は頭を上げる。

一番前の右端にいた筆頭家老の梶原美作守《みまさかのかみ》があいさつを述べる。

「上様、明けましておめでとうござりまする」

続いて一同が唱和する。

すこしの間をおいて、成氏が口をひらく。

「新たなる年を迎え、皆の息災な様子を見て、うれしく思うぞ。鎌倉を離れ、この地にあるとはいえ、今も関東の覇権はわが手中にある。これより予は、〝古河公方〟と名のることにする。皆の者、今まで以上に公方家の繁栄のため励むよう」

一同の間にどよめきが広がったが、直臣たちは再び平伏する。古河公方誕生の瞬間である。

成氏の脇に控えていた奏者の二階堂成行《しげゆき》が、座が落ち着くのを待って口をひらく。

「それでは、これより上様から御酒をくださる」

二階堂成行が、縁に控えていた御雑色の者に合図を送ると、縁を通って土器《かわらけ》を積み重ねた盆をかかげた者がふたり、酒を盃《さかずき》に注ぐための銚子をもった者、銚子に酒を注ぎ足す提《ひさげ》をもった者が座敷に入ってきた。銚子は現在のものとはまったく違い、長い柄のついた金属製の容器であった。また、提は弦《つる》のついた小鍋のような形をしていた。

梶原美作守から順に一人ずつ御前に進み出ると、土器を受け取り、御酒を注いでもらい、その場で飲み干す。土器は懐に入れて持ち帰り、退く時に奏者の二階堂成行から扇をいただき退出する。そうした動きが半時あまり続いた。皆が御酒をいただき、扇をもらうと、元日の行事は終了となった。

翌二日は安房《あわ》守護として里見氏、三日は下野《しもつけ》守護として小山《おやま》氏が年頭の挨拶に訪れ、古河公方足利成氏と対面した。進上物の目録が奏者の二階堂成行から読み上げられ、唐織物の間着小《あいぎこ》袖《そで》に白直垂姿の成氏から御書、御扇の下賜品が贈られた。その後、椀飯の儀式が行われた。椀飯というのは、折敷《おしき》とよばれる足のない小さな膳に、強飯《こわめし》を高く盛った椀飯と打鮑《うちあわび》、海月《くらげ》、梅干の三種に酢と塩を添えて出すものである。

里見義実《よしざね》は椀飯をいただきながら、豪快に言い放った。

「上様、いまや安房、上総《かずさ》は、それがしと武田殿が、上杉の息のかかった者どもを蹴散らしました結果、上様の威勢、ことごとくゆきわたっておりまする。海上交通もほぼ手中に収めましたゆえ、文字通り上様は大船に乗ったお気持ちであらせられませ」

「これは頼もしい限りじゃ。義実、これからも励めよ」

成氏も正月にふさわしい景気のいい話に機嫌がよかった。

里見義実は、日焼けした顔にいかにも気の強そうな目をしていた。成氏が鎌倉公方になった折に、勢力拡大をねらって安房に送り込んだ信のおける奉公衆《ほうこうしゅう》の一人だった。同じように、上総には武田信長が配され、二人とも成氏の意をよくくんで、安房、上総の平定を成し遂げたのであった。武田信長は、名の通り甲斐《かい》武田氏の庶流で、享徳《きょうとく》の乱の緒戦であった相模島河原合戦では、成氏に代わり総大将を務めたほどの実力者である。

のちに、里見義実の嫡子である義通《よしみち》は、鶴谷八幡宮（現・館山市）の修造に際し、その棟札に「大檀那副帥《ふくすい》源義通」と書き付けたほどである。「大檀那」というのは古河公方のことであり、自分はその「副帥」だと言っているのだ。いかに里見一族が、公方を支えているのは自分たちなのだという自負心を抱いていたかがわかるのである。

三日に、小山持政《もちまさ》が年頭挨拶に訪れると、成氏は結城《ゆうき》合戦の折の礼を述べたが、持政は能面のような表情をくずさず、黙って聞いていた。一色直満が幼い成氏を抱いて上杉の包囲網を突破する際に、見逃して通した小山持政は成氏の命の恩人といえたが、当時上杉方にあった持政にしてみれば、複雑な思いであったのであろう。

四日には再び奉公衆が集められ、成氏から重大な沙汰があるとの話であった。主殿の座敷には、元日とは並びが変わって、上座に対して横向きに皆の者が対面する形で左右に並んだ。右の上座に近い方から簗田持助、一色直満の順に、左は野田右馬介《うまのすけ》、佐々木入道、金田則綱《のりつな》の順に並んだ。今までの序列からすると極めて異例であり、とりわけ鎌倉にいたころ重きを置かれていた梶原美作守、町野成康《しげやす》といった重臣たちが、簗田、野田といった在地奉公衆の後塵を拝すことになった。

公方足利成氏が姿を現すと、一同は平伏した。

「表をあげえい」

成氏が一声を発すると、一同は直る。

成氏のそばに控えていた奏者の二階堂成行が議事を進行する。

「これより上様から大事なお達しがある。心してお聞き届けられよ」

すこしの間を置いて、成氏から言葉が述べられる。

「皆の者、ご苦労である。さて、われらはここ古河を本拠といたし関東の隅々にまで、公方家の政（まつりごと）を行き渡らせる所存であることは年頭にすでに述べた。とはいっても当面、相模、武蔵の西、上野《こうづけ》に勢力を有する上杉に備えるのが肝要じゃ。よって、その陣容を整えるべく、今日、皆の者に集まってもらった次第。これより、二階堂より沙汰がある」

一同は静まりかえる。皆の顔に緊張が走る。二階堂成行はおもむろに沙汰状を取り上げると、読み上げていった。

「下総関宿《しもうさせきやど》城主、簗田持助」

「ははッ」

呼ばれた簗田持助は一度平伏し、二階堂のところに歩み寄り、沙汰状を両手で押し頂くと座にもどる。

「下総栗橋城主、野田右馬介持忠」

「ははッ」

野田右馬介も同じように沙汰状を受け取る。

以下、下総幸手《さって》城主が一色伊予守直満、武蔵菖蒲《しょうぶ》城主が金田則綱、武蔵騎西《きさい》城主が佐々木入道と決まった。いずれの支城も、古河城の南側二里から三里（約八～十二キロメートル）の距離にあり、東から関宿、栗橋、幸手、菖蒲、騎西と前線基地を形成していた。中でも関宿、栗橋、幸手は水運にも恵まれており、舟への課税、荷の積出港としての役割などにより、財政面でも有利であった。特に関宿は、のちに関東の覇者となる北条氏康をして「関宿を制する者は、一国を制するに等しい」と言わせたほどの重要拠点であった。

その後、それぞれの役職が告げられ、公方家の家政や財政、裁判などを司る政所執事に町野成康、その補佐に安西成胤《しげたね》、さまざまな評定に加わる宿老として、印東氏常、海老名季高《すえたか》、梶原美作守が任命された。最後に、評定の進行や来客の取り次ぎなどをおこなう奏者として、二階堂成行、本間直季《なおすえ》、牧定基が任命された。本間直季は寺社奉行も兼ね、弓馬師範《きゅうばしはん》でもあった。

これにより、古河公方を頂点とする陣容が整い、とりわけ若手、在地奉公衆を中心とする体制であることが明白となった。その日は、これでお開きとなった。

翌五日、この日は寒さがいちだんと厳しく、空はどんよりと曇り、朝方には風花がとんできてちらちらと舞っていた。庭先の手水鉢《ちょうずばち》には薄氷が張った。

昼ちかく、一色直満は屋敷の部屋において、ゆったりとした気分で太刀の手入れをしていた。かたわらの火鉢には、あかあかとおこった炭がくべられている。直満にとって、こうしている時がいちばん心が落ち着くのだ。若い頃はそうではなかった。おそらく、庭に出て太刀を振っていたことであろう。それにしても、今日は冷える。直満は、茶色の素襖《すおう》の下に小袖を三枚重ね着していた。足は素足だ。当時、足袋は戦以外でははかず、出仕の時でも足袋をはくのは病の者か年寄りなどの許された者だけであった。足袋といっても、白足袋ではなく、革を染めたものであった。

今日は、御所に来客はなく、直満も出仕する必要がない。夕刻ちかくに、嫡男の左馬助が訪ねてきて一献かたむけることになっている。左馬助は十七歳で、野田右馬介のいとこ野田氏範、宇都宮等綱の子・正綱とともに、御供衆として公方成氏に仕えており、御所内で暮らしている。今日の午後は、おいとまをいただき久しぶりに実家にもどることになっていた。

縁を歩いてくる足音が聞こえ、部屋の障子の外に立ち止まると、中間《ちゅうげん》の者の声がした。

「申し上げます。梶原美作守様のご家来がまかりこし、書状を持参されましてござりまする」

「中に入れ」

中間の者はすわったまま障子をあけ、両手を敷居越しについてから座敷に入る。そして、障子をしめると、直満のところに腰をかがめて近づき、おしいただくように書状を差し出した。

直満は書状を受け取り、開いた。短い文だった。

内容は、夕刻に鎌倉の頃いっしょだった者たちが集い、一献かたむけたいので、梶原美作守の屋敷までご足労願いたいというものであった。直満は顔をくもらせた。直満には、どんな目的で集まるのかだいたい察しがついた。昨日の上様からの御沙汰に関係したものであるのは明らかであった。気が重い。できれば、出たくなかった。だが、逆に自分が出なければならないとも思った。

「使いの者に伝えよ、承知したとな。だが、すこし遅れるやもしれぬと言い添えてな」

控えていた中間の者は一礼して座敷を出ていった。せっかくの息子との対面に水を差す誘いであった。

梶原美作守の屋敷は、上宿とよばれた高台にあった。古河城の公方御所から五町（約五百五十メートル）ほど離れていて、城へは川を橋で渡っていかなければならなかった。この川は、鴻之巣陣屋を囲むように広がる沼とつながっていた。そして、河港のある南へ向かって、中宿、下宿と街が連なっていた。

上宿には梶原、一色などの重臣屋敷や、結城、里見などの公方を支える諸侯の宿所などがあり、中宿には御雑色、御厩方《おうまやがた》など公方家で働く中下級武士の家々が建ち並んでいた。下宿は最も河港に近く、材木商の蔵が建ち、船荷をあつかう舟びと、各種商人や職人たちが住んでいた。

冬至を境に日の入りはだいぶ遅くなったとはいえ、まだまだ冬のさなかであるので、暗くなるのは早い。あたりが薄暗くなる頃には、梶原美作守の屋敷に招かれた奉行《ぶぎょう》衆たちが集い始めた。奉公《ほうこう》衆はいわゆる武官であるのに対し、奉行衆は文官である。

ぼんやりとした明かりに照らされたいくつかの顔が浮かび上がる。八畳ほどの座敷には、入口からいちばん奥にいくぶんいらいらした様子の主である梶原美作守が、小さな目を集まった者たちに向けている。隣が空いているのは一色直満が遅れるためだ。右まわりに二階堂成行、町野成康が並んですわっている。二人とも若く、二階堂成行の方が二、三歳上だが、外見からは町野成康の方が十歳ちかく上に見える。四角張った顔はいかにも頑固そうで、口をへの字に結んでいる。入口ちかくに安西成胤がぽつねんとすわっており、この中ではいちばん年下なので、よけいにかしこまっているように見える。

その時、海老名季高が座敷に入ってきて、本間直季のとなりにどっかとあぐらをかいた。ちょうど二階堂成行や町野成康と向かい合うかたちになった。

「いや、遅れて申し訳ござらぬ」

そう言って海老名季高は一礼したが、柔和な顔には笑みが浮かんでいた。

海老名も本間も三十代で、自然に同じ年ごろ同士が隣り合う席順になった。

「一色殿はすこし遅れるとのことでござるゆえ、そろそろ始めましょうかな」

梶原美作守の合図で、女中たちが膳を運んできて各々の前に置く。膳といってもするめ、大根の煮物、盃が載っているだけで、質素なものであった。瓶子と呼ばれる酒の入った大きなとっくりを女中二人が持ちお酌をする。とたんに座はなごんだ空気になり、雑談に花が咲き、時々笑い声が起こった。すこしすると女中たちは座をはずし、皆はほろ酔い気分で静かになった。

「ところで本間殿は、今回の上様の御沙汰をどう思いますかな」

梶原美作守が本間直季に話を向ける。本間直季は盃を膳の上に置くと、背筋を伸ばす。弓馬師範だけあって姿勢がいい。

「ちと若い者を重用しすぎるきらいがあるように思いまする。上様もお若いが、それだけに経験のある者が補佐すべきと存ずる」

梶原美作守は我が意を得たりと言わんばかりに、ふっくらした顔を輝かせる。

「本間殿もそう思われますか。今回の沙汰、いくぶん急ぎすぎたようじゃ」

「拙者も、そう思いまする」

海老名季高も同意する。

「左様でござりましょうか。上様も同じくらいの年頃の者の方が、やりやすいのではござらぬか」

そう異をとなえたのは二階堂成行である。自らも二十五歳という若さで奏者に抜擢され、一気に表舞台に躍り出た出世頭であった。面長で目鼻立ちがはっきりしていて、育ちのいい雰囲気をかもし出す姿は、客人との応対や諸事の進行役にはうってつけといえた。

これには、さすがの梶原美作守も計算違いだったと見え、顔色を変えた。

鎌倉の頃から近くで公方成氏を支えてきた宿老対在地奉公衆という構図を作ろうとしていた思惑がはずれ、どうやら若い者たちは簗田、野田といった在地奉公衆側につこうとしているらしい。

梶原美作守は、小さな目で二階堂成行をにらみつけ、海老名、本間の両名も硬い表情を崩さない。二階堂成行は涼しい顔で扇を開いたり閉じたりしながら天井を見つめている。町野成康は、二階堂をかばうかのように体をいくぶん寄せる。安西成胤もふだん無口でおとなしい印象とは裏腹に、今にも跳びかからんばかりに目をぎらつかせ伸びあがっている。そういえば、三人とも公方成氏から「成」の字をもらっているのである。座には一触即発の緊張が走った。

その時、入口の障子が開いて、一色直満が入ってきた。

「ごめん」

直満はゆったりとした足取りで若手三人のうしろをまわると、梶原美作守の隣に座をしめた。そして、一同の顔を一人一人落ち着いた表情で見ていった。座の緊張はとけて、何となく気まずい空気に変わった。

「何か皆、いちばん大事なことを忘れているようじゃな」

一色直満はさとすような口調で皆に語りかける。

「そのようなことは決して」

梶原美作守は言い訳がましく、すこし頭を下げる。梶原といえども一色直満には頭が上がらないのだ。

「果たしてそうかな。悪いが、縁にいて全部聞いておった」

直満のことばに梶原は深く首を垂れる。海老名、本間の両名も一色直満と目を合わせることができない。一方、二階堂成行は目を輝かせ、直満を見ている。町野成康と安西成胤も、真剣なまなざしをまっすぐに直満に向けている。

直満はすこし声を荒げて、

「上様の御考えに異を唱えるなど、もってのほか。与えられた役目の中で最大限の力をいかに発揮するかが、忠義を示す尺度となろう。成行、そちも自分の損得で役目を考えている節がある。もっと謙虚にならなければ、将来はおぼつかぬぞ。年季の入った方々に教えをこうて精進することこそ、上様のご恩に報いる道じゃ。しかと心得よ」

「ははッ」

二階堂成行は深々と頭を下げ、再び起こした顔にはさわやかな充実感がみなぎっていた。

一色直満は梶原美作守の方に向き直り、おだやかな声で言った。

「梶原、もう我らが前へ出る時代ではないのだ。お互い、年をとったのお。じゃが、まだまだ御奉公は続けねばなるまい。これからは、若い者たちの後ろ盾となり、時に教え、時には叱りもし、一人前に育てていくのが我らの務めではないかの」

「恐れ入って、つかまつりまする」

梶原、海老名、本間の三人は深々と頭を下げた。

一色直満は満足そうにうなずくと、盃の酒をうまそうに飲み干した。

その後も、毎日のように諸侯などが年頭挨拶のために、古河公方足利成氏のもとを訪れた。十五日には、小田持家が成氏と対面し、白鳥を献上した。白鳥は、けがれなき純白と優雅な姿から霊鳥とされ、貴人への贈り物として珍重された。小田持家が本拠とする常陸小田は、常総の内海（現・霞ヶ浦、北浦）に近かった。常総の内海には、冬になると白鳥が飛来するのである。

翌日、公方足利成氏から家臣たちに、白鳥がふるまわれることになり、宴が開かれることになった。

夕刻、古河城主殿の大広間には、各支城への配置などの沙汰のあった四日の席順と同じく、奉公衆や奉行人たちが左右に分かれ対座するかたちで居並んでいた。四日の集まりでは、一座をぴんと張りつめた空気が支配し、言葉を発する者も皆無だったが、今日は皆くつろいだ感じで、隣の者と言葉をかわす者もあって、何となくざわついていた。

公方足利成氏が、御供衆の野田氏範、一色左馬助を引き連れて座敷に入ってくると、座は静まりかえり一同は平伏した。奏者牧定基の合図で、次々と膳が運ばれてきて、各々の前に置かれていく。膳には、白鳥の肉の入った雑煮、とろろ汁、白米の飯、こんにゃくとかんぴょうの煮物、香の物が載っていた。このころ白米は特別の時以外は食べなかった。

皆に膳が行き渡ったのを見計らって、牧定基が開始のあいさつをする。

「小田様よりの頂きものである白鳥を、上様の御厚意により皆の者にふるまわれる。ありがたく頂戴いたそう」

成氏からもひとこと、

「皆、遠慮のう、やってくれ」

一同は一礼したのち、料理に箸をつけた。

汁物はまず身を先に食べる。後から、汁を飲む。

「これは、美味じゃ」

「う〜む」

一同の顔から笑みがこぼれる。

しばらく料理を楽しんだ後、酒が運ばれてくる。

この日は特別に、公方家奥向きに仕える御仲居とよばれる女房衆がお酌をつとめた。公式の席では、御供衆の役目であるが、今回は内輪だけの宴ということで略式とされたのである。

いま、女房たちが居並ぶ家臣たちにお酌をしてまわっている。銚子で素焼きの土器とよばれる盃に注ぐのであるが、この頃の銚子は長い柄のついた金属製の容器で、注ぎ口がついていた。

また、銚子の酒がなくなると、提《ひさげ》とよばれる弦のついた小鍋のような容器から酒を注ぎ足す。そのため、襖を取り払った次の間に、御供衆が提をかたわらに置いて控えている。

女房のひとりが、簗田持助の前に来た。持助は盃を取り上げはしたが、神妙な顔つきで女房の顔をちらりと見る。すると、酒を注ごうとしていた女房は銚子を下ろすと、左手の袖を口元にあててくすりと笑った。そして、軽く会釈をして、隣の二階堂成行の前に移った。成行はお酌を受けて、盃に口をつける。酒が飲めない者は御酌役の顔をそっと見ることで「自分は飲めない」のを知らせるのが暗黙の了解であった。

簗田持助の膳の上の盃はカラである。それを見て、隣の二階堂成行が声をひそめて持助に話しかける。

「そういえば、簗田殿は下戸《げこ》でござりましたな」

持助は真一文字に結ばれていた口元に苦笑いをうかべながら、

「至って不調法で面目もござらぬ」

「何の、人それぞれでござりますれば」

それをきっかけに二人は静かに談笑した。

その反対側の下座の方にいる梶原美作守は、料理や酒を楽しみながらも、油断なく小さな目を絶えず動かし、他の者たちの様子をうかがっていた。当然、簗田持助が酒をことわった場面も見ており、その時は何やらたくらんでいるような表情がよぎった。

宴もたけなわになると、酒に酔う者が続出し、中には御前であることを忘れて大声を出す者も現れ、まわりの者からたしなめられる場面も見られるようになった。

一段高い上座にいる足利成氏は、時おり料理に手を付けながら、奏者の牧定基の御酌で酒を飲んでいた。切れ長の目は、家臣たちの楽しんでいる様子を見ておだやかであり、始終口元に笑みを浮かべていたが、一人離れて輪に加われないもどかしさもあるようだった。大将というのはいつも孤独であり、成氏もそれは心得てはいたが、やはり一抹の寂しさを感じていた。御酌役の牧定基は三十五歳で、成氏よりかなり年上であり、もともと実直だけが取り柄だったので、成氏の無聊《ぶりょう》をいやすことはできなかった。他にそばにいるのは御供衆の野田氏範だけで、十六歳の若者に成氏の相手をさせるのは無理というものであろう。

簗田持助とは反対側のいちばん上座に近い位置にいた野田右馬介は、一色直満や金田則綱と談笑していた。右馬介は冗談を言っては豪快な笑いを飛ばしていたのだが、成氏の様子に気づくと真顔にもどった。

そして、他の二人に「ちと、失礼つかまつる」と声をかけると、お酌をしていた女房から銚子を取り上げ、成氏の方へ歩み寄っていった。腰を低くしながら一段高い上座にあがると、成氏の手前、一間ほどのところにうずくまった。公方の許しも得ずに上座にあがるなど、通常はもってのほかのふるまいであった。その様子を見ていた、いとこの野田氏範が右馬介の袖を引っ張って注意を促したが、どこ吹く風といった態度で気にも留めない。牧定基は関わりになるのを恐れて、知らぬふりである。

「殿、一献いかがですかな」

右馬介は、右手に持った銚子をかかげるようにして、成氏に向かって長い顔をほころばせた。

「おお、右馬介。頂戴いたそう」

成氏も顔を輝かせた。右馬介は成氏の近くまでにじり寄ると酌をした。

成氏はうまそうに酒を飲み干す。右馬介は皆の方に顔を向けて言った。

「皆、楽しそうでござりまするな。これも皆、殿がおられるからでござりまする」

「なに、わしなどいなくても皆、楽しかろう」

「何をおっしゃりまする。殿が息災で、こうして凛々しいお姿を見せられるからこそ、我らも安心して酒が飲めるのでござりまするぞ」

「左様なものかの」

「はいッ」

あまりに右馬介の声が大きかったので、成氏は思わず笑ってしまい、右馬介も例の豪快な笑いで応じた。つられて、野田氏範も笑い、牧定基も口元をほころばせた。

「や、牧殿の笑顔など珍しいことでござりまするな」

「わしも初めて見たわ」

成氏の言葉に、再び一同は大笑いしたのであった。

その時、宴席では梶原美作守が立ち上がって、皆の者に何か言っていた。梶原は閉じた扇を右手に持ち、両手を下に向けて押さえるような仕草で、静かにするように合図をしていた。にぎやかだった座は、潮が引くように徐々に話し声が少なくなり、やがてまったく静かになった。

皆の注目が集まる中、梶原美作守はおもむろに口を開いた。

「宴もいささか飽いてきたように思われるが、皆の衆、ここらで十度呑みなどいかがでござろう」

あちらこちらから賛同の拍手喝采が起こり、声も飛んだ。

十度呑みとは、まず車座にすわった中に盃を十個と銚子を置く。最初の一人が盃と銚子をとって次の者に注いで、その者が飲んだら銚子を渡す。次の者が、またその次の者に同じことをくり返す。そこで、何か言ったり、口をぬぐったりすると負けになる。負けると「とがおとし」といって、大盃で酒を飲まされることになるのである。

「我と思わん者は名のり出られよ」

「よし、拙者が」

左側の列の中ほどにいた金田則綱が、真っ先に名のり出る。金田則綱は、このたび菖蒲城主に任命されていた。二十代なかばの血気盛んな大男で、太い眉とぎょろりとした目が特徴的だった。

「ならば、わしもじゃ」

先陣を争うように手を挙げたのは、騎西城主の佐々木近江守《おうみのかみ》入道で、剃髪してすっかり達観したような表情をしているが、心には熱いものが秘められていた。騎西城は菖蒲城とともに公方方の最前線として、上杉へのにらみをきかせる役目をになっていた。二人とも、公方成氏から城主に任命されて張り切っていた。

「他には、おりませぬかな」

梶原美作守は一座を見渡しながら、近くにいた鎌倉以来の宿老仲間である本間直季と海老名季高に目で促した。二人はしぶしぶ余興に参加することに同意した。御雑色から河連国久ほか二人が加わり、もちろん発案者である梶原自身も参加することになった。

「さあ、あと二人でござる」

梶原美作守は簗田持助に小さな目を向けた。そこには獲物をいたぶるような光が宿っていた。

「簗田殿、どうですかな。今や飛ぶ鳥も落とす勢いのそなた抜きでは座が盛り上がりませぬぞ」

あちこちから、ざわめきが起こった。梶原は簗田持助が下戸なのを知っていて、わざと指名したのである。

上座の足利成氏は思わず立ち上がろうとしたが、野田右馬介が押しとどめた。余興のいさかいごときに大将が介入すべきではないと制したのである。

「ならば拙者も参加つかまつる」

簗田持助の隣にいた二階堂成行がいどむようにきっぱりと言った。何かあれば、持助をかばおうとしているのは明白だった。

梶原美作守は、一瞬きっとなったが、すぐに気を取り直して、

「これで十人そろいましたな。御一同、前へ。左馬助、氏範、すぐに用意をいたせ」

左右に分かれてすわっている皆の間に、盃が十個載った盆と銚子が置かれた。

それを囲んで、十度呑みに参加する十人が車座にすわった。

まず、梶原美作守が盃と銚子を取り、盃を本間直季に渡し酒を注ぐ。本間直季は姿勢を崩さず、表情ひとつ変えずに飲み干す。もちろん無言である。本間は銚子と新しい盃を取り、盃を隣の海老名季高に渡し酒を注ぐ。海老名も無言で酒を飲み干し、丸い顔をほころばせた。次に、佐々木入道、金田則綱の順に何事もなく過ぎた。

いよいよ簗田持助の番になった。金田則綱は酒を注ぎながら、ぎょろりとした目で簗田持助の顔を心配そうに見ていたが、持助は落ち着いているように見えた。持助は酒を飲み干したが、

もともと酒が飲めないのでむせてしまい、思わず手で口をぬぐってしまった。

梶原美作守は、口元に残忍な笑みを浮かべた。

「簗田殿、負けでござりまするな。『とがおとし』をしてもらいましょう」

これには皆から非難の目が梶原に向けられた。

「これは御無体《ごむたい》な。簗田殿は下戸でござりまするぞ」

日頃は温和な海老名季高の顔から笑いが消えた。

「梶原殿、いくらなんでもやりすぎでござるぞ」

曲がったことが大嫌いな本間直季も静かにいさめる。

「いいや、座興とはいえ、決まりは決まりでござる。左馬助、大盃を持って参れ」

ここまで梶原の意志が固いとわかると、誰も異を唱える者はいなかった。

一色左馬助は青ざめた表情で、大盃を簗田持助に渡し、なみなみと酒を注いだ。大盃は顔の大きさぐらいあった。

一同が固唾《かたず》を飲んで見守る中、簗田持助は意を決したように大盃を口に運ぼうとした。

「御免!」

そう大きな声がしたかと思うと、金田則綱の前を佐々木入道の手がすばやく伸びてきて、簗田持助から大盃をひったくり、一気に飲み干してしまった。一同はあっけにとられ、ただ佐々木入道の剃髪した顔を見つめるばかりであった。

「これは、うまい！　こんなうまい酒を下戸の簗田殿に飲ませるなどもったいない。騎西城主佐々木入道、先陣つかまつった。何しろ、簗田殿の関宿城より拙者の城は上杉に近いですからな。先に失礼した」

佐々木入道はそう言って、さも面白そうに笑った。

「ううむ、やられたわい。拙者とて先陣争いでは負けはしない位置にあったものを」

金田則綱がおどけたようにくやしがった。座と城の位置を掛けた即妙な物言いに、一座は笑いにつつまれた。

頃合いを見計らったように、牧定基の声がひびいた。

「これにて、お開き」

一同は静まりかえり、公方成氏に平伏した。成氏が退室すると、何人かずつざわと話をしながら部屋を出ていった。梶原美作守に近寄る者は誰もいなかった。

後日、足利成氏は、一色直満から鎌倉以来の重臣たちの集まりについて事情を聞いた。直満は、自分の説得で皆は納得したと思ったが、梶原美作守だけはそうではなかったようだと成氏に話した。成氏は、梶原美作守を鴻之巣御所留守居役とする沙汰を出した。鴻之巣陣屋は普請し直して、公方が滞在できる御所としたのである。沼に張り出す半島のような高台にある鴻之巣御所は、風光明媚な景色に恵まれ、保養には絶好の別荘と言えた。といっても、上杉との戦に明け暮れる足利成氏が、鴻之巣御所を訪れる機会はめったにない。留守居役といってもやることはほとんどなく、まったくの閑職であり、事実上の左遷であった。

こうして、古河公方家は混乱の火種を取り除いて、一致団結した新しい体制を整えたのである。

3

古河公方家《こがくぼうけ》の正月は平穏のうちに過ぎたようであったが、実はそうでもなかった。鎌倉期以来の下総《しもうさ》守護である名門の千葉氏で内紛が起こったのである。宗家の千葉胤直《たねなお》は上杉方に、庶家の馬加康胤《まくわりやすたね》は公方方についたため対立した。足利成氏《あしかがしげうじ》はすかさず援軍を送った。力を得た馬加康胤は、千葉胤直に代わって千葉城に入り、事実上の宗家となった。これにより、安房《あわ》の里見氏、上総《かずさ》の武田氏、下総の千葉氏と、古河に続く関東の東はすべて古河公方方となったのである。

着々と地歩を固める古河公方方に対して、上杉方としてもただ手をこまねいているわけではなかった。翌年の長禄元年（一四五七）には、河越城《かわごえ》と江戸城を完成させ、河越城には扇谷《おうぎがやっ》上杉氏の当主持朝《もちとも》が、江戸城には後の道灌《どうかん》である太田持資《もちすけ》が入城した。また、長禄二年には、上野《こうづけ》との境に近い武蔵五十子《いかっこ》（現・本庄市）に本陣を構築した。ここには、山内《やまのうち》上杉氏の当主房顕《ふさあき》をはじめ、越後上杉氏、扇谷上杉氏が在陣した。また、太田持資の父道真も扇谷上杉氏の家宰《かさい》として参陣していた。こうして、上杉方は、古河公方方を迎え撃つ体制を整えたのである。

上杉氏は長らく鎌倉公方の補佐役である関東管領《かんれい》の地位を独占してきた。上杉氏は何家かに分かれていて、屋敷のある鎌倉の地名を冠して区別されていた。当初は、山内上杉氏と犬懸《いぬがけ》上杉氏が交代で関東管領職を務めていたが、応永二十二年（一四一五）に山内上杉憲基が就任してからは、山内上杉氏が世襲するようになった。それに不満を持った犬懸上杉氏憲が反乱を起こした。上杉禅秀の乱である。だが、乱は鎮圧され、これを機に犬懸上杉氏は没落する。代わって浮上してきたのが、扇谷上杉氏である。現在の持朝の代になると、扇谷上杉氏はめきめきと台頭し、山内上杉氏に次ぐ地位を確立するに至るのである。

太田氏が代々務めていた家宰というのは、当主に次ぐさまざまな権限を持つ存在であり、その役目は多岐にわたっていた。軍勢の大将を務めたり、諸税の賦課や徴収などを主導する立場にあった。また、他家との交渉も家宰の役割であり、公方にも出仕するなど、公方からもその立場は認められていた。

江戸城築城から二年が経過し、長禄三年（一四五九）の秋を迎えていた。江戸城の南面には、静勝軒と名付けられた館があった。そこが、太田持資の居所となっていた。太田持資は没頭していた兵法書から顔を上げると、外を見た。雨が降っている。大した降りではないので、しとみは上げられていたが、晩秋の冷たい雨だ。晴れた日には遠望できる筑波山も今日は見えない。しとみとは、格子組の上に板を張り、日を遮ったり、風雨を防ぐ戸のことである。

太田持資は二十七歳、扇谷上杉氏の家宰である道真を父とし、いま江戸城の城主となっていた。後の太田道灌である。兵法書から上げた顔は、眉はきりりと上がり気味で、目には力があり、鼻は長く、あごがすこし出ていた。その表情からは、確固たる意志の強さと知性がうかがえた。

その時、縁《えん》に足音がして、家来が部屋の外に控えて言った。

「殿、持朝様からの書状が届きましてござりまする」

「うむ」

持資は受け取った書状をおもむろに開いた。すでに内容を予期していたかのように、顔色ひとつ変えない。

「すみやかに兵を率いて五十子陣に参陣せよ」とのことであった。

太田持資は、家臣および足軽三百を率いて、その日のうちに江戸城を出発した。武蔵国の北東部、荒川（現・元荒川）の北一帯は、太田庄と呼ばれ、公方家の御料所の多いところである。太田持資の目指す五十子へは、その一帯を通ることになる。その一角で、太田軍は古河公方勢と遭遇した。

前日の雨も上がり、晩秋の青空の下、薄茶色の風景がどこまでも広がっていた。それは、はるかかなたの林まで続いていた。さほど強くない北風に、あちらこちらでススキの穂がゆれていた。

簗田《やなだ》持助、野田右馬介《うまのすけ》、金田則綱《のりつな》の三人は、古河公方足利成氏の命により、菖蒲《しょうぶ》城の南一里（約四キロメートル）のあたりまで物見に出ていた。太田庄と呼ばれ、公方家の御料所の多いこの付近は、宿敵上杉との所領争いの最前線といっていい。静けさの中にも、不気味な緊張感があたりに漂っていた。

馬上の三人には、騎馬五十、従者二百ばかりが従っていた。徒歩の兵たちの頭は、やっと丈の高い枯草の上に出ているだけである。軍勢の中央には、白地の布の上方に金の日の丸（というより満月か）、下方に黒の桐をあしらった軍旗が高く掲げられ、古河公方の直属軍であることを誇示していた。黒と金というモノトーンにちかい色使いは、簡素な中にも気品が感じられた。

その時、はるか前方の林の中から、縦長の旗指物《はたさしもの》を背中に差した騎馬軍勢が現れた。旗指物の意匠は、水色の地に桔梗《ききょう》をあしらったさわやかな印象を与えるものだった。

「あれは、扇谷上杉家の太田持資が率いる軍勢でござる」

簗田持助のかたわらにいた中間《ちゅうげん》の久能が遠くを指差しながら言った。久能は何かと物知りだった。

持助は自分の名前を呼ばれたようで妙な気がした。かぶとの下の冷静なまなざしに一瞬、鋭さが宿った。

血気盛んな金田則綱は、見るからにいきり立っている。

「ええい！　一気に蹴散らしてくれよう」

大きなぎょろりとした目をぎらつかせて、今にも馬を駆って走り出しそうな勢いだった。

「まあ、そう急《せ》くな、則綱。太田はかなりのやり手と聞いておる。もすこし様子を見ようぞ」

野田右馬介は長い顔を金田則綱に向けていさめる。右馬介と則綱は歳が同じだった。

「いかにも右馬介殿の言うとおりじゃ。こたびは物見というお役目、できれば一戦も交えずにやりすごすのが肝要かと」

簗田持助が冷静に道理を説く。

そうこうしているうちに太田軍はみるみる数を増し、優に三百ほどの軍勢が姿を現した。

「お二方、これでも指をくわえて見ていろというおつもりか。目にもの見せてくれるわ。者ども、続け！」

金田則綱はそう叫ぶが早いか、すでに駆け出していた。金田の軍勢八十ばかりが後に続いた。

「待たれよ、則綱殿！」

簗田持助が叫んでも金田の耳には届かず、早くも太田軍と四十間（約七十二メートル）あまりの距離まで迫った。とたんに横一列の隊形を整えた太田軍の放った矢が飛んできて、金田軍の兵に命中した。兵が二名、三名と倒れ、落馬する武者もいた。すかさず金田軍も弓矢で応戦するが、矢は太田軍まで届かない。

（な、なんたることだ。敵の矢は届いても、こちらの矢は届かない）

簗田持助はあ然とするばかりであった。

その間にも金田勢の犠牲は増すばかりだった。

「まずい、このままでは金田勢は全滅じゃ」

野田右馬介の日焼けした顔に緊張が走る。

「右馬介殿、おぬしはからめ手より敵を攻めてくだされ。拙者は正面から突進して、金田勢を救出する」

「あいわかった！」

野田勢は迂回して、太田軍の背後にまわろうとした。それに気づいた太田軍は、野田勢にも矢を射かけてきた。

簗田持助は、金田勢への敵の攻撃がすこしゆるんだ隙を突いて兵を動かし、金田勢に合流した。

「則綱殿、ここはいったん引かれませ」

「何を言う、まだ槍も交えてはおらぬ」

「その前に、やられてしまうぞ！　頭を冷やせ」

二人が言い争っている間にも、矢が飛んでくる。近くにいた従者が矢に当たって倒れる。

「さ、早く！」

「むッ、わかった」

さすがの金田則綱も従者がやられたのを目の当たりにして、これ以上の抵抗は無理だと悟ったようだ。不承不承、持助のことばに従うしかなかった。退却の間にも、いくらかの犠牲が出た。

(太田持資、噂にたがわぬ手ごわい相手だ)

簗田持助は退却しながら、おそらく太田持資がいるであろうあたりを振り返って見た。

簗田、野田、金田の混成軍は、ひとまず金田則綱の居城である菖蒲城へ引き揚げた。太田軍は追って来なかった。いくら太田軍が強いとはいえ、わずか三百の兵では公方軍に太刀打ちできないのは、太田持資ほどの者なら重々承知のことだった。太田軍は上杉勢の本陣である五十子への道を進んでいった。

数日後、太田庄北部で古河公方軍と五十子を出陣した上杉軍が激突した。上杉方は数名の部将が討ち死にするなど、公方方優位の展開となった。その間、公方方の岩松家純《いえずみ》が上杉方に寝返った。力を得た上杉方は、越後守護上杉房定の軍勢七百騎を主力として利根川を渡ると、小山《おやま》、結城《ゆうき》などの公方方と上野東部で戦を繰り広げた。両軍とも大きな損害を出しながらも雌雄は決せず、それぞれの陣地へと帰っていった。

戦からもどった簗田持助を待っていたのは、菖蒲城近くの太田軍との戦いで負傷し捕らえられたはずの兵たちであった。なんでも、傷の手当てをしてもらった上に、近くまで送ってきてくれたというのである。これには、持助といえども驚かずにはいられなかった。

(太田持資殿というのは、何というお方なのだ。潔いうえに度量が大きい。このようなお方を敵に回さねばならぬとは)

持助は、この時から太田持資にぜひ一度会ってみたいと思うようになった。

翌日、簗田持助は、古河公方足利成氏に戦の模様を報告するため古河城に赴いた。桟敷殿《さじきでん》の八畳の一間で待っていると、成氏は御供衆も連れずに部屋に入ってきて、上座にすわった。

「持助、無事で何よりじゃ。苦しゅうない、近う寄れ」

「ははッ」

持助は立ち上がって、ひざをすこし曲げ腰を折り気味にした姿勢で成氏に近づき、一間ばかり手前にかしこまった。

「持助、戦の首尾はどうであった？」

「はッ、我ら死力を尽くして戦いましたが、敵もなかなかしぶとく雌雄決せず、痛み分けというところでしょうか」

「左様か…」

そうひとこと発して、成氏は考え込んでしまった。端正な顔には憂いの表情が浮かんでいた。憂いの理由は、芳しくない戦況のせいばかりではなかった。この夏に、長年にわたり成氏に仕えてきた一色直満が死去した。先の永享の乱で父持氏と長兄義久を失い、結城合戦の末に二人の幼き兄を殺された成氏にとって、一色直満は父のような存在であったのだ。一色直満を失ったいま、残された肉親といえば鶴岡八幡宮の別当である雪下殿《ゆきのしたどの》となっている弟の尊成《そんじょう》しかいないのだ。母は行方知れず、というより元々上杉ゆかりの出であるため、会うことはかなわなかった。父と兄を失っても悲しみひとつ見せず、気丈にふるまってきた成氏だったが、こたびの直満の死はよほどこたえたと見えて、家臣と会っているときでも上の空のことが時おりあった。

「殿、上杉の中に一人、気になる者がおりまする」

持助のことばに、成氏は我に返って、

「なに、その気になる者とは」

「はい、扇谷上杉の家宰太田道真の嫡男持資でござりまする」

「持資じゃと、そちと同じ名であるな」

成氏はふっと表情をゆるませる。持助の顔には複雑な表情がよぎった。

「久能、例のものを」

持助は入り口の方を振り返って、大きな声を出した。

「はッ」

入り口の障子戸が開いて、中間の久能が姿を現し、右わきにかかえるように一本の弓を持って持助のそばまで来て手渡した。

「殿、これが太田の弓でござりまする」

持助が成氏に手渡す。成氏は受け取った弓を子細に見ていた。

「これは、変わった弓じゃの」

「はい、久能、おぬしから説明せよ」

「はッ、通常の弓は三枚の竹を合わせて作りますが、太田軍の弓は薄くした四枚の竹で作られております。しなりが違いますゆえ、より遠くへ矢を飛ばすことができまする」

「先の戦でも、こちらの矢は届かず、敵の矢はこちらに届くため、苦戦を強いられました」

「なるほど、太田持資とやら、なかなかの切れ者らしいな」

「それだけではございませぬ。百姓どもを訓練して兵となし、足軽と称しておりまする」

「足軽か、言い得て妙じゃの」

そう言って、成氏はまだ弓をいじくりまわしていた。言葉だけが空回りして、頭には入っていない印象だった。持助はそれ以上ことばを費やしても無駄だと思い沈黙した。

「持助、上杉に太田持資あるといえども、こちらにも立派な宝があるぞ」

成氏は切れ長の目にいたずらっぽい色を浮かべて、持助を見た。

「た、宝でござりまするか」

持助は当惑の表情で聞き返した。

「わからぬか、おぬしのことだ」

「拙者でござりまするか」

「うむ、公方家に簗田持助ありじゃ。そちだけではない、野田や金田もじゃ」

「そして、結城様、里見様…、当方には上様に忠誠を誓う諸侯があまたおりまする。対して、上杉は国人《こくじん》主体、とてもまとまりがあるとは言えませぬ」

持助は合点がいったというように、勢い込んで言った。

国人とは小豪族のことでその動員数はせいぜい十から二、三十といったところだ。上杉は国人の寄り集まりのため、結束力が弱く、また主家への忠誠心も薄いといわれていた。それに比べて、公方家は直臣が多く、また公方を支えているという強い自負を持った諸侯の存在が際立っていた。

「何の、太田持資、恐るるに足りぬわ。持助、頼りにしておるぞ」

そう言って、成氏は弓を持助に返すと、立ち上がった。

（さすが、上様。気がなえていると見えても、芯はしっかりしておられる）

持助は必要以上に太田持資を恐れていた自分を恥じた。

成氏は部屋を出ていこうと一歩踏み出したが、やはり心を占めているのは一色直満のことである。

（直満、おぬしがいてくれたら…）

その時、死を目前にした直満のことばがよみがえった。

「殿、岩付《いわつき》に城を築かれませ。岩付は、ここ古河城と扇谷上杉の江戸城とのちょうど中間にあり、河越城からもほぼ等距離にありますゆえ、岩付を取ることは重要でございます」

いちばん岩付に近い幸手城を守る一色直満ならではの最後の進言であった。

成氏は足を止めて、持助に向かって言った。

「持助、そちに頼みがある。岩付に赴き、築城の可能性を探って参れ。これは、密命である。むろん、お忍びでな」


三日後、簗田持助は中間の久能と御雑色《おぞうしき》の河連国久とともに、岩付へ向かった。岩付に入り、荒川（現・元荒川）を舟で渡り、左に折れて久伊豆神社に参拝した。もちろん、参拝は表向きのもので、真の目的は違っていた。上杉攻めの前線基地としての築城の可否を探りに、わざわざ岩付まで来たのである。古河から七里（約二十八キロメートル）、公方方の最南端の拠点である幸手城からも四里（約十六キロメートル）あった。古河公方足利成氏からの密命を帯びたお忍びの旅であるため、二人の従者を連れただけであった。上杉の勢力が及ぶところでもあり、油断は禁物であった。

岩付は、鎌倉時代より奥大道（おくだいどう）と呼ばれた鎌倉街道のひとつが荒川を渡る地点にあたっていた。南下してきた荒川は、このあたりで大きく東へ蛇行すると、また向きを変えて南へと流れる。その荒川に抱かれるように、久伊豆神社の南側には大きな沼が広がっていた。

「ううむ、天然の要害ではあるが、城を築くのはむずかしかろう」

荒涼とした沼の風景を前に、簗田持助は笠に手をやり、目を細める。

「左様でござりまするな。沼の中に島を築くといっても、気が遠くなるような話でしょう」

河連国久は、ため息をつく。

三人が途方に暮れたように沼のほとりにたたずんでいると、沼の中心からゆっくりこちらに向かってくる小さな舟が見えた。乗っているのは、舟をこいでいる船頭と笠をかぶった武士らしき二人であった。

「簗田殿、立ち去りましょう」

河連国久はあわてて元来た道をもどろうとする。

「待て、かえって怪しまれる。来るのを待とう」

持助は引き締まった表情になったが、声は落ち着きはらっていた。

やがて舟は岸辺に着き、二人の武士が舟から降りてきた。武士たちは持助たちの方に近づいてきて、刀で切りつけても届かない距離をおいて立ち止まった。

「あなた方も、久伊豆神社に御参拝ですか」

話しかけてきた武士は、きりっとした眉が特徴で、鼻筋がとおり、口元に笑みを浮かべてはいたが、目には力がみなぎっている。

（これはもしや太田持資では）

簗田持助は直観した。ついこの間、戦場で遠目からしか見たことがなかったが、ただならぬ風貌からして間違いないと思った。後に出家して道灌を名乗ることになるが、この時はまだ持資であった。

「どちらから来られたのですかな」

武士はにこやかにたずねる。が、目には何でも見通してしまう鋭さがあった。

「……北の方から参りました」

持助はあたりさわりのない返事をする。

「なるほど」

武士はうなずく。すべて、わかったような顔をしている。

「ところで、貴殿のお名前は」

簗田持助は単刀直入にきく。

「拙者ですか、拙者は源六と申します」

「源六殿。拙者は持助と申しまする」

「ほう、もちすけ殿と…、どういう字をお書きになるのかな」

持助は説明する。

「ははあ、左様でござるか」

源六はさらににこやかになる。

「どうです、いい気候ゆえ舟遊びなどいかがですかな」

河連国久は持助の袖を引いて、やめるように促す。舟に誘っておいて切り捨てということもあり得る。危険はあるが、持助はそれ以上にこの武士に興味があった。本当に太田持資かどうか確かめたかった。

「せっかくのお誘い、ことわるわけにもいきますまい。ご一緒させていただきまする」

こうして、河連国久を残して、持助と中間の久能、そして源六と名のった武士とその連れの四人は舟の人となった。

舟はすべるように沼の上を行く。すっかり秋も深まり、いくぶん風は冷たい。岸辺からはわからなかったが、沼の中心近くは意外と水深が浅いようだ。ところどころ枯れた葦が茂っている。

「ここに城を築けば、難攻不落の城ができましょうな」

源六が遠くを見ながら言う。

「もしできればそうでしょうが」

「持助殿はできないとお思いですか」

「私にはとても無理に見えまする」

「できないことをやってのけるのが、面白いのではありませんか」

源六はにやりと笑う。

どう見ても自分より二、三歳しか上に見えないのに、どうも器の大きさが違うようだと持助は舌を巻いた。

「さて、一句詠みますかな。持助殿もどうです」

「拙者は田舎者ゆえ、和歌など不得手ですが、詠んでみましょう。それも一興かと」

「その意気ですな、持助殿。何事もそうでなくてはなりませぬ」

源六は懐紙と筆を取り出すと、持助にも渡した。しばらく考え込んでいたが、やがてすらすらと懐紙に書き付けた。

「見晴るかす
　大田ひろがる
　　沃野には
　　　杉の並木の

いま盛りなり
持資」

簗田持助は、源六の詠んだ和歌を解釈してみた。
（「大田ひろがる」はもちろん太田持資のことであろう。「杉の並木」というのは上杉のことに間違いない。それが全盛であると誇示しておるのだ。腹が立つが、挑発に乗ってはいかん）
持助もかなり時間がかかったが、何とか詠んだ。

「朽ち果てる
簗田の杭は　流されど
新たに立てて
獲物待つかな
持助」

（「簗田」とあるのは、古河公方家重臣の簗田持助であると名のっているのに間違いない。わしが名のったことに対する返礼なのであろう。「朽ち果てる」などと謙遜しているが、流されて

もまた立てて、敵を倒してやるという気概も示している。なかなかしたたかな御仁のようじゃ）

「源六殿、この持資という御名は」

「雅号でござるよ」

その後しばらく二人は他愛ない話をした。

「風が出てきましたな。そろそろ引き上げますかな」

「はい」

簗田持助はそう返事をしたが、太田持資と別れるのが名残惜しかった。できればもうすこし兵法などについて語り合いたかった。

舟は岸辺に着いた。

「それでは、これにて失礼いたしまする」

簗田は太田持資に会釈して、河連国久と中間の久能を促すと、元来た道を戻り始めた。

太田持資は沼のほとりに立って、簗田持助たちを見送った。

簗田はふと立ち止まると、振り返って言った。

「あっ、忘れるところでござった。先だっての戦では、兵たちを手厚く世話していただき、ありがとうございました」

簗田はもういちど深々と頭を下げると、再び歩き出した。その後ろ姿を目を細めて見ていた太田持資は思った。

（若いが真っすぐで、飲み込みも早い。公方家はいい家臣を持っている。公方家はしばらく安泰であろう）

その後、古河公方方と上杉方の間では、小競り合いはあったものの、しばらくの間は大きな戦はなかった。公方足利成氏の関東制覇への意欲は、一色直満の死による心の傷のため、いくぶん失われていた。一方、上杉方でも、幕府から新たに送り込まれた関東公方の存在が波紋を広げていた。扇谷上杉と新たな公方との間で勢力争いが勃発していた。古河公方、上杉の双方とも、戦に力を費やす状況にはなかったのである。

第二章　明暗

1

雨が降っている。しとしとと降るあたたかい雨だ。山道にしなだれかかる木々の葉から落ちるしずくが首元をぬらす。信濃の大井持光の手の者に背負われて峠を越えて行ったのは、いつのことだったろうか。

「上様、いかがでございましょうか」

その声に足利成氏《あしかがしげうじ》は我にかえった。目の前の文机《ふづくえ》に置かれた文書から顔を上げると、すぐそばに控えている政所《まんどころ》執事の町野成康《しげやす》のいかつい顔が目に入った。

「よいではないか」

成氏はそう言って、結城成朝《ゆうきしげとも》への知行《ちぎょう》安堵状に花押《かおう》を記した。花押とは今でいうところのサインである。

町野成康は、成氏から安堵状を受け取ると部屋を出ていった。

成氏は立ち上がって、障子をあけて縁《えん》に出た。部屋の中にいると雨の音は聞こえなかったが、やはりまだ雨は降っていた。庭のところどころに配された灌木《かんぼく》は雨にぬれて緑の色を濃くしていた。ここ三日ばかり、降っては止み降っては止みを繰り返している。いい加減に気が滅入ってくるような天候であった。成氏は障子をぴしゃりと閉めると部屋にもどった。

寛正二年（一四六一）の初秋、足利成氏は二十八歳になっていた。古河《こが》に移って六年が経過していた。

その二日後、雨もようやく上がり、夏がもどったような暑さとなった昼下がり、簗田《やなだ》持助は上宿にある屋敷で書を読んでいた。庭に面した障子は開け放ってあったが、衣替えしたばかりの裏付きの袷《あわせ》ではさすがに暑い。額に汗をうかべながら書に没頭していた。

「持助、いるか」

入口の方で声がしたかと思うと、縁を荒々しく歩く足音が近づいてきて、野田右馬介《うまのすけ》が姿を現した。茶色の袷に短袴といった出で立ちで、烏帽子《えぼし》の下の長い顔をしきりに扇であおいでいる。座敷に入るとどっかとあぐらをかいた。

持助は右馬介の方に向き直り、何用かと冷静なまなざしを向けた。

「いや、暑くてかなわん。む、おぬし、兵法書でも読んでおるのか」

右馬介は持助の手元をのぞき込むように身をのり出す。

「兵法書ではござらぬ。万葉集でござる」

持助は顔色ひとつ変えずに返事をする。

「なに、万葉集じゃと、これは恐れ入った。それも、太田持資《もちすけ》の影響というわけか。まあ、よかろう。文武両道でこそ一人前の武士であるそうだからの、都では」

右馬介の微妙な言い回しに、持助は苦笑した。右馬介は持助の反応など意に介さずに続けた。

「ところで、殿のことじゃが…。一色殿がみまかられてからというもの、時おり上の空といった風情が見受けられるが、困ったものよの。もう、二年になるというのに」

「お寂しいのでござろう。ふた親と兄弟とも別れ、お身内といえば弟の尊成《そんじょう》様だけでござるからの」

右馬介は持助のことばに大きくうなずくと、ひとひざ乗り出し、扇で口をおおうようにして声をひそめた。

「そこでじゃ、殿に嫁取りをすすめてみてはどうかと思うのじゃが」

「嫁取りを…。殿ももう二十八になりであるから、むしろ遅すぎるくらいではあるが…」

「確かに今までは戦に明け暮れ、それどころではなかったがな」

「右馬介殿からすすめてみてはいかがかな」

持助は右馬介の方が適任だと思った。

「それが、実はこのあいだ殿にすすめてみたのだ」

「なに、もうすすめたのか！」

これには、いつも冷静な持助といえどもあきれ返って、万葉集をぱたりと閉じるとかたわらに放り出した。かくも重要な案件を勝手にすすめてしまうとは。完全に事後報告というわけである。

それは、つい昨日のことである。野田右馬介が成氏のところに出仕した折、右馬介は用が済むと話を切り出した。

「殿、そろそろ嫁取りをされてはいかがでしょうか」

成氏は苦い顔をして右馬介を見た。

「なんだ、右馬介、やぶから棒に」

「殿、これは大事な話でござりまするぞ。お世継ぎの件もござりますゆえ、公方家《くぼうけ》断絶などということになっては一大事」

「わかっておる。いずれ嫁は取る」

成氏のどこか他人事のような物言いに右馬介は食い下がる。

「それとも、どこかに心に思うお方でもおられるのですかな」

右馬介は口元をゆるめる。成氏はすこし気にさわったと見え、

「ええい、くどいわ。そのような者はおらぬ」

「では、拙者と簗田殿との間で、ふさわしいお方を探してもよろしいですな」

「勝手にせい。ただし、わしとて誰でもいいという訳にはいかぬぞ」

「ははッ、きっと殿のお気に召す女御《おなご》を見つけて参りまする」

右馬介は深々と頭を下げて部屋を出ると、豪快な笑い声とともに遠ざかっていった。成氏はあきれて憮然とした表情をしていたが、やがてひとりでに笑いがこみ上げてきた。

野田右馬介は、成氏とのやりとりを簗田持助に聞かせると、「ということなのだ」と締めくくった。

「で、誰か心当たりでも」

持助がたずねると、右馬介は口元にいたずらっぽい笑みを浮かべて、

「ほれ、おぬしの妹御はどうじゃ」

「なに、拙者の妹の『あやの』じゃと」

持助は驚いて、あいた口がふさがらないという顔をした。

「いや、ダメじゃ、ダメじゃ。殿の嫁御に拙者の妹などおそれ多いわ」

「わしはいいと思うがの。あやの殿は器量よしだし、おぬしに似て頭もいい。あとは殿が気に入るかどうかじゃ」

「だが、身分違いではあるまいか」

「心配いたすな、策は考えておる。わしにまかせておけ。いやあ、のどが渇いた。水を一杯もらおう」

持助が鉄瓶から湯呑みに水を注ごうとすると、

「ああ、そのままでよい」

右馬介は持助の手から鉄瓶を受け取ると、顔の上までかかげて口に流し込んだ。そして、口をぬぐうと、

「では、じゃまをした。追ってまた知らせる」

そう言って立ち上がると、扇で顔をあおぎながら部屋を出ていった。

残された持助は、しばらく腕組みをしたまま宙をにらんでいた。万葉集は板の間に投げ出されたまま放っておかれた。


数日後、雲が多いとはいえ時おり晴れ間がのぞく早朝、足利成氏は数人の供を連れて古河城を出た。高柳に館を構える弟の尊成を訪ねるためである。尊成へは前々日に知らせてあった。高柳は古河城から約二里（約八キロメートル）の距離にある。渡良瀬川から分かれた流れが利根川（現・古利根川）へとつづいており、高柳は利根川に合流する手前にある。利根川を徒歩や騎馬で越えるのはふだんでさえ難儀であるのに、ましてや雨がつづいて増水した利根川はとても渡れたものではない。

成氏たち一行は城を出て、上宿、中宿、下宿とつづく城下町を抜けて、渡良瀬川の河港から

舟に乗った。増水した川は流れが速い。前後についた船頭と水夫（かこ）は巧みに棹をあやつって流れを下っていく。船上から見る風景は森あり、田あり、湿地帯ありと変化に富んでいる。舟に驚いて、水鳥が水音を立てて飛び立つ様に成氏は声を上げた。

「なるほど、一羽でもけっこうな音を立てるものだな。これが何十、何百ともなれば、平家でなくとも逃げ出すやもしれぬな」

長雨で外へも出られず、気がふさいでいた成氏にとって、いい気晴らしになったようだ。

舟は順調に流れを下って高柳に着いた。陸に上がって、しばらく田のあいだの道を行くと、周囲よりすこし高くなった丘状の土地に、茅葺《かやぶ》きの風情ある門構えの屋敷が見えてきた。

成氏たちは茅葺きの門をくぐって屋敷内に入った。よく手入れのゆきとどいた庭の中央には、建物の入口まで玉砂利が敷かれた小道がつづいていた。屋敷もまた茅葺きであり、鶴岡八幡宮の雪下殿《ゆきのしたどの》の住まいにしては質素な感じだった。

成氏たちは玉砂利の小道を音を立てて歩いていった。その音を聞きつけたのか、剃髪した簡素な僧衣姿の僧が入口から出てきて、成氏たちが近づいてくるのを待っていた。切れ長の目はさすが兄弟だけあって成氏に似ていたが、表情はよりおだやかな印象であった。

「おお、尊成、久しぶりじゃの」

「兄上、お久しゅうございます。川の水かさも増して、大変でしたでしょう」

「うむ。じゃが、なかなか興趣があったぞ」

尊成はかるく笑って、

「兄上らしゅうござりまするな。さ、中へ」

縁をまわって二部屋ほど通りこした先の部屋に、尊成は成氏たちを案内した。御厩衆《おうまやしゅう》の三人は玄関にとどまり、成氏に従って部屋まで行ったのは御雑色《おぞうしき》の河連国久だけだった。河連国久は部屋の外の縁に控えた。

その部屋は茶室らしく、八畳ほどの広さで畳は敷かれておらず、板張りであった。奥の隅に小さな囲炉裏があり、鉄瓶に湯がわいていた。成氏は丸ござの上にあぐらをかいた。尊成は茶をたてて成氏の前に置いた。

「さ、どうぞ」

「かたじけない」

成氏は大きめの茶碗を両手でかかげて茶を飲んだ。

「ああ、うまい。心が洗われるようじゃ」

尊成は無言で一礼する。成氏は余韻を味わうかのようにしばし沈黙したが、ふっとため息をついた。

「兄上、何か心にひっかかるものがあるとお見受けいたしますが、どのようなことでござりましょう。この尊成に何なりとお話しくださりませ」

「うむ、どうも一色直満が亡くなってからというもの、心に空洞ができたような感じでな。何事にも気が入らん。これではいかんと思うのだが、どうにもならぬ。家臣たちにも気を使わせてしまう始末で面目ないと思う。だが、どうにもならんのじゃ」

「それは、おつらいことでござりましょう。父親同然の直満殿を失った悲しみ、兄上のお気持ち、察するに余りあるものがござりまする。気がはいらないのも無理はないかと」

「うむ。しかしじゃ、これではいかん。尊成、何かいい手はないか。仏は、このような者をお救いくださらぬのか」

成氏はすがるような目で尊成を見た。家臣の前では決して見せることのない苦悩がにじみ出ている。

「それも、兄上のお心次第かと」

尊成は居ずまいを正して、真剣な表情になる。

「どうすればよい」

「私には兄上の悲しみの理由が、直満殿の死だけとは思えませせぬ」

「何と、他に何があるというのだ」

「兄上、兄上は結城合戦の折のことを憶えておいででしょうか」

「うむ。断片的ではあるが憶えておる。とにかく、ひもじかったこと、直満に抱かれて窮地を脱したこと、小山持政《おやまもちまさ》がいつまでもわしのことを見ていたこと…」

「左様で。私には何もありませぬ」

「それは、そうであろう。そちは、その場にいなかったのだからな」

成氏は、ふと笑いをもらす。だが、尊成は顔色ひとつ変えなかった。

「はい。よって、二人の兄の記憶はありませぬ。十二歳になって初めて、兄上にお目通りがかなうまで、私には親兄弟はいないものと思っていたのです」

「尊成、何が言いたい」

成氏は尊成の考えを測りかね、いらだちの表情を浮かべた。

「ですから、最初からいない者と、途中で失った者の感じ方には違いがあるということです。兄上は目の前で二人の兄を失いました。結城合戦のきっかけも、父の死がもたらしたものでござります。兄上は、父や兄たちの死をまだ引きずっておられる。兄上、その重りを断ち切られませ。そして、前に進むのです。兄上はいまや関東公方として家臣たちを引っ張っていかねばなりませぬ。兄上が前に進まなければ、関東は治まりません。民たちとて安寧を得られませぬぞ」

尊成のことばは熱を帯び、顔色もいささか紅潮していた。

「じゃが、どうすればいい」

「供養をなされませ。父と兄たちの供養をするのです」

「尊成、そちの方でやってくれるのか」

「私は無理です。ご存知のとおり、鎌倉は上杉に押さえられておりますゆえ。叔父上はいかがでしょう。竜興寺の住職となっている曇芳和尚《どんぼうおしょう》ならば、喜んで力になってくれましょう。さっそく私から文《ふみ》をしたためておきますゆえ、頃合いを見て、兄上みずから訪ねられませ」

「それは、いい。竜興寺なら、騎西《きさい》のすぐ近くでもあるしな。尊成、そちを訪ねてよかった。恩に着るぞ」

「兄上、かんたんな料理を用意しましたので、召し上がっていかれませ」

成氏は屈託のない笑顔を見せて、

「これはうれしい限りじゃ。朝が早かったので、腹がへった。馳走になろう」


成氏はその後、鷲宮《わしのみや》神社に参拝することにしていた。三日前、奉公衆《ほうこうしゅう》の野田右馬介に高柳にいる弟尊成を訪ねるつもりであることを告げると、右馬介から「ぜひ鷲宮神社を参拝するように」と強く勧められたのであった。確かに高柳から鷲宮神社まではわずか半里（約二キロメートル）ほどの近さであった。日頃からさして信心深いとも思えない右馬介が、それほど参拝をすすめるのにはすこしひっかかるものがあった。だが、以前から成氏は鷲宮神社に戦勝祈願などもしていたので、たいして気にもとめずに右馬介のすすめに従うことにしたのである。

こんもりとした森に囲まれた参道を行くと、やがて正面に本殿が見えてくる。成氏たちは左右に木でできた赤い灯ろうが並ぶ石畳の参道をすすんでいった。成氏は本殿に向かって手を合わせると、関東の無事と戦勝を祈願した。

参拝を終えて参道をもどる途中で、成氏は脇から出てきた若い女御に呼び止められた。

「もしや、あなた様が落とされたのではありませぬか」

そういった声に成氏が振り向くと、女御の差し出した両手のひらの上には扇がのっている。よく見ると確かに成氏の扇であった。しかし、それを持ってきた憶えはなかった。二、三日前から見当たらなかったような気がする。妙な感じはしたが、自分のものに間違いない。

「確かにわしのものじゃ、かたじけない」

成氏は女の手から扇を受け取りながら、女の顔を見た。歳の頃、二十二、三といったところか。目はすこし勝気な感じで、鼻筋が通り、ふっくらとした唇はやや開き気味で、全体としては健康そうな印象であった。成氏は鎌倉で美しい娘を何人か見てきたが、どこか生気に欠けるところがどうもなじめなかった。だが、この娘には自然の中で生きてきた強さがあった。

「娘、そなた、名は何という」

「はい、あやの、と申します」

娘は成氏の目を見て、はっきりした口調で言った。

「うむ、あやのとな」

成氏は、あやのと名のった娘に好ましい印象を受けた。

かたわらにかしこまっていた河連国久は、ふと参道脇の森に目をやった。大きな木の幹にかくれるように、二人の武士がこちらをうかがっているのに気づいた。さて、これは上様のお命をねらう上杉の手の者かと国久は身構えたが、二人とも笠をかぶってはいるがどうも見たことがあるような気がした。一人の笠のうちからちらりと長い顔がのぞいたが、見まごうことなく野田右馬介であった。とするともう一人は背恰好からすると簗田持助に違いない。河連国久は、どうしてここに公方家重鎮の二人がいるのか、ましてや上様に隠れてこちらをうかがっているのか見当もつかなかった。だが、二人の様子から何か考えがあるのだろうと思い、成氏には知らせない方がいいと判断した。

成氏たちは、参道脇にある茶店の縁台に腰かけて、茶を所望した。

河連国久は成氏とは別の縁台に腰かけたが、野田右馬介たちが気になって、その方を見た。すると、右馬介が手招きしている。国久は成氏に厠《かわや》に行くと言って、その場を離れた。森の中に入り二人のところに行くと、右馬介が「どうじゃ」と聞いてきた。

「な、何がですか」

「ええい、じれったい。さっきの女御を上様はどう思ったか聞いておるのじゃ」

「はッ、どういうことでござりますか」

「上様の嫁にと考えておる」

「何と！」

国久はこれはうかつなことは言えないと思い、しばし考えた。

「左様ですな、まんざらでもないご様子でした」

「そうか、まんざらでもなかったか。持助、殿はおぬしの妹御を気に入られたようじゃ」

右馬介は満足そうな顔をして、簗田持助の顔を見た。

「右馬介殿、それはすこし早合点では」

簗田持助は自分の妹のことだけあって不安げな表情を隠せない。

「なに、大丈夫、あの殿はめったに女御に話しかけたりはせぬ。なあ、国久」

「まことに、その通りでござる。それにしても簗田様の妹御とは、まあ今日は驚くようなことばかりでござりまするな」

国久はなかばあきれたように二人の顔を見た。

「国久、もう行け。あまり長いと怪しまれる」

「はッ」

国久は一礼してもどっていった。

「持助、これで決まりじゃの」

「どうも気が早いと拙者には思われますが…」

「心配いたすな、わしに任せておけ」

浮かない顔の簗田持助を尻目に、野田右馬介は上機嫌であった。


足利成氏が古河に帰って五日後、尊成から文が届き、竜興寺の曇芳和尚と連絡がとれ、いつでも都合のいい日に来てくれて構わないとの返事をもらった旨を知らせてきた。

成氏は、その翌々日、さっそく供を連れて再び旅立った。こんどは舟で久喜近くの八甫まで行き、そこから菖蒲《しょうぶ》城の金田則綱の手の者に迎えに来させて、陸路で竜興寺へ向かうことにした。竜興寺は、佐々木入道のいる騎西城の西一里弱のところにあった。

竜興寺の入口までくると、これといった門もなくいきなり寺域になる。寺は花の寺といった趣で、おみなえしの黄色い花が道の両脇に咲いている。ところどころに秋海棠《しゅうかいどう》の桃色の花が可憐な姿を見せ、目を楽しませてくれる。梅の古木などもあり、四季それぞれに花で彩られるようになっているらしい。

成氏たちは馬を下りてすこし先へ行くと、本堂の前で老僧がしゃがんで花の手入れをしていた。成氏たちが近づいていくと、老僧は立ち上がった。そして、額の汗をぬぐいながら、まぶしそうに目を細めて成氏たちを見た。眉毛は白くなっているが、顔色はよく、かくしゃくとしている。この老僧が、成氏の叔父にあたる曇芳和尚であった。

「これはこれは、公方様、お久しゅうござる。遠路このようなひなびた寺によう来なすった。いま案内させるゆえ、しばし待たれよ」

老僧はそう言うと、大声で寺の小僧を呼んで、成氏たちを本堂脇の離れへ案内させた。離れは障子が開け放してあり、座敷から境内の様子が見てとれた。

成氏たちが座敷から外を見ていると、曇芳和尚が本堂からすこし離れた井戸まで行くのが見えた。老僧は手と顔を洗い、腰に下げた手ぬぐいで顔を拭くと、こちらへ歩いてきた。

やがて曇芳和尚は部屋に入ってきて、成氏たちの前にあぐらをかくと、目を細めて成氏を見た。

「立派になられましたな、公方様。どことのうお父上に似てきましたぞ」

「左様ですか。私は父を知りませんので」

老僧は自分の額を手のひらでぴしゃりとたたくと、

「そうでござった。公方様はまだ幼子でありましたな。月日の流れるのははやいものじゃ」

曇芳和尚はそう言って、屈託なく笑うのだった。成氏もつられて笑った。

「そうそう、尊成様から書状をいただきましたが、公方様は父上と兄たちの供養塔を建てられたいとか。いい心がけでござる。拙僧にまかせられよ。ま、こじんまりしたものがよかろう。こういうのはあまり仰々しくない方が、かえって心が込められているように見えるのでござるよ」

「そういうものでしょうか」

「左様」

「では和尚様におまかせいたしまする」

用件が済むと、二人はしばし思い出話や近況などを語り合った。それまで終始なごやかな表情だった曇芳和尚は、急に険しい顔をして、

「ところで、上杉との戦はどうなっておりますかの」

「それが…、一進一退というところでしょうか。なかなか敵もしぶとく、うまくいきませぬ」

「それはそうじゃ、いずれどこかで手を打つということも頭に入れておかねばなりますまい。民や家臣のことも考えてやりませぬと」

「はい」

「じゃが、これだけは忘れてはなりませぬぞ。この地を守れなければ、父上たちの供養もでき

ぬということです。おわかりかな」

曇芳和尚はきっぱりとした口調で言った。だが、まなざしはやさしかった。

「はい、肝に銘じておきまする」

成氏はすこし頭を下げた。

「ははッ、その心意気ですぞ。公方様、どうです、この寺はまるで桃源郷のように思われませぬか。拙僧は日々、この中で暮らしております」

「確かに、うらやましいかぎりでござる」

成氏はふと庭に目をやる。

「いつしか、このようなところで心おだやかにお過ごしになれる日がくるでござろう」

「ならば、いいのですが…」

「大丈夫じゃ、人の憎しみというものは、そう長く続くものではありませぬ。いずれ時が水に流してくれましょう」

曇芳和尚はおだやかな顔になる。

「そうでしょうか」

「そう信ずればこそ、救いの道も開かれましょう。こたびの供養塔建立も役に立ってくれましょうぞ」

「そう願いたいものです」

成氏が再び庭に目をやると、花々は明るい日差しにいっそう輝いているように見えた。

それから三か月後、完成した供養塔のお披露目式が行われた。小さなお堂の中には小ぶりな三基の石塔が並び、それぞれ成氏の父持氏、結城合戦の折に亡くなった兄の春王丸、安王丸を供養するものである。（今も竜興寺に現存している）

すこしさかのぼるが、足利成氏と同じ日に、野田右馬介と簗田持助の二人も古河へもどった。さっそく野田右馬介は、成氏と簗田持助の妹のあやのとの婚姻を進めるべく手を打った。その日のうちに結城城の結城成朝へ書状をしたためると、御雑色頭人の堀只之進を呼んで、翌日しかるべき者に書状を届けさせるように命じた。御雑色とは御所近くに近侍し、公方に直接奉仕する奉公人のことである。御雑色頭人というのは、その頭《かしら》であった。

あたりはすでに暗くなりかけており、使いを頼むべき者たちも家に帰ってしまったので、堀只之進は翌朝、御厩衆の国府野又三に使いを頼むことにした。

翌朝、堀只之進はあわただしく朝飯をすますと、台所の裏手にある御厩衆が詰めている番屋へ足を運んだ。

「おおい、又三はおらんか」

番屋へ向かって堀が呼んだが返事はない。裏の厩へとまわってみると、小作人が馬にかいばをやっていた。

「おい、又三はどこにおる」

小作人はうす汚れた顔を向けて、

「又三殿は、駒ケ崎へ行っておられます」

と、ひと言発すると、再び馬にかいばをやり始めた。

あまりのそっけなさに堀は苦笑すると、そばにつないであった馬に飛び乗った。

「ちと借りるぞ」

小作人が振り向いた時には、堀を乗せた馬は西の方へと走り去っていった。小作人は口をあんぐりとあけて、馬の走り去った方向をしばらく見つめていたが、やがて我に返ると黙々と先ほどの作業を続けた。

駒ケ崎は御所沼に半島のように突き出た馬の放牧場で、三方を沼に囲まれた形になっているので、馬が逃げ出す危険がすくなかった。その北側には沼をはさんで同じように半島状に突き出た鴻之巣陣屋が見えた。

堀只之進の髪には白いものが混じってはいるが、馬のたずなさばきも堂に入っていて、いささかの衰えも感じさせない。齢《よわい》五十に届こうとしているとは、とても思えなかった。

堀は半島の付け根の柵がしてあるところまで行くと、馬からおりて柵に馬をつないだ。そして、草が青々と茂った放牧場を見渡すと、半町ばかり先に馬に乗った又三を見つけた。

「又三、火急の用向きじゃ、早うもどれ！」

堀が大声で呼ぶと、国府野又三は馬の足を止めた。馬上で振り向いた日に焼けた顔は若く、晴々とした表情が浮かんでいる。

「おお！　只今」

国府野又三は、御厩舎人《とねり》という役職にあり、ちょうど三十歳になっていた。結城合戦の折、父又七は、成氏の兄である当時幼かった安王丸と春王丸を女装させ、上杉勢の包囲網を突破しようとしたが捕らえられ、その場で切り捨てられたのであった。安王丸と春王丸は京への護送途中に亡き者にされた。その時、又三はわずか十歳であり、父との思い出はあまりないが、馬に乗るけいこをつけてもらったことはよく覚えている。六年前に足利成氏が古河へ移ってから、父と同じ御厩舎人の職を継いだ。舎人というのは、御厩者を束ねる頭目のことである。御厩者というのは、公方家の馬の飼育と管理を主な仕事とし、時には公方文書の送達役を務めた。御雑色より低い身分であったが、より身軽な地位を生かして諸国の内情を探るなど、隠密的な役割も担っていた。

国府野又三は古河城にもどり、体をふいて着替えた。烏帽子をかぶり、浅黄色の素襖《すおう》と短袴といったいでたちで、素襖には〝足利二つ引両〟と呼ばれる丸に太い横線二本が入った家紋を付けている。公方家の使者にふさわしい立派な身なりとなった。まさに馬子にも衣裳とはこのことである。

国府野又三は、堀只之進から結城成朝への書状を受け取り懐ふかくしまうと、馬を駆って四脚門をくぐった。そして、古河城を半周するように東へ向かい、街道に出ると北へと進路をとった。結城までは七里（約二十八キロメートル）近い距離がある。小山に達すると、再び東へ向かい結城をめざした。

縦長の旗を背負った武者が、馬を駆って街道を走り抜けていく。あまりの急ぎように、道行く人たちは何事かと振り向いて、遠ざかっていく馬にのった武者を見る。背に差した縦長の旗には、白地に金の丸と黒の桐が描かれていた。古河公方家の旗印である。

「く、公方者だ！」

「すわ、何か変事か」

人々は立ち止まってささやき合った。

国府野又三は、昼前には早くも結城城下に入った。結城は結城紬《つむぎ》の産地としても知られ、活気にあふれている。

城下町を抜けると、小高い丘が見えてくる。その坂道を上れば結城城である。国府野又三が城門ちかくに達すると、門が左右に開き、城中から門番二人とともに素襖姿の武士が出てきて、そのまま入れと合図をする。又三は馬にのったまま城内に入り、しばらく進むと武士二人が出迎えた。物見櫓《ものみやぐら》から又三が来るのを見ていたようで、手回しのいいことであった。又三は一人の武士に馬を預け、もう一人の武士の案内で屋敷内に足を踏み入れた。そして、縁をまわって客間らしき部屋に案内された。

しばらく待たされた後、直垂《ひたたれ》姿の若い武士が供をひとり連れて部屋に入ってきて上座にすわった。当主の結城成朝である。丸顔で額が秀でており目も大きい。国府野又三は平伏して口上を述べ、野田右馬介からの書状を供の者へ手渡した。供の者はそれを結城成朝に手渡した。結城成朝は書状を開いて読んでいった。読み終わると、いささか困惑の表情を浮かべた。

「公方様の嫁取りの儀、まことに目出たきことであり、わが結城家としても嫁を出すことは名誉なことである。簗田殿の妹御を養女にするというのも異存はない。しかしじゃ、その妹御は二十三歳とあるではないか。わしと変わらぬ。国府野又三とやら、そこのところ野田殿から何か聞いておらぬか」

「はッ、あくまで養女とするのは形式上のことゆえ、お歳のことはお気になさらぬようにとのことにござりまする。結城様からのお輿入れとあれば、公方家としても申し分のないものと考えているとのことでござりまする」

結城成朝はしばし考えていた。年齢のことばかりではない。公方家に嫁を出すともなれば、結城家の格が上がることになる。諸侯よりも上に立つことができるのである。ことわる理由はなかった。やがて成朝は供の多賀谷和泉守《いずみのかみ》に目くばせし、多賀谷がうなずくと口を開いた。

「すべて承知いたした。野田殿宛に書状をしたためるゆえ、しばし待たれよ。急なことゆえ大したもてなしもできぬが、湯づけなど食べていかれよ。多賀谷、すぐに支度を」

そう言って結城成朝は部屋を出ていった。

国府野又三は用意された湯づけを食い、お役目が無事に果たせた安堵感で満たされた気分になった。

結城成朝の書状を受け取り、城門を出た又三はもう一度振り返って城を見た。ここが父又七が終焉をむかえた地かと思うと感慨深かった。そして、御雑色頭人の堀只之進がこのお役目を又三に与えたのは、亡き父の終焉の地を見せてやろうという温情からだったのだとこの時はじめて気づいた。又三は涙を振り払うかのように、馬のたずなを引くと一路古河へ急いだ。

成氏が夕げを食べているときであった。縁をどかどかと急ぎ足で歩いてくる足音がしたかと思うと、「ごめん」という声がして障子が開き、野田右馬介が姿を現した。

「右馬介、何事じゃ、食事の最中であるぞ」

給仕役の女房も驚いた顔をしている。

「殿、嫁が決まりましたぞ。結城様の娘御でござる」

「さて、結城に娘などおったかの。だいいち成朝はまだ二十二、三であろうに」

「養女でござるよ。重臣か誰かの娘を養女にしたのでござる。殿、この娘は見目麗しく、しかも聡明ときておりますぞ。殿、お喜びくだされ」

「右馬介、そちはその娘、見ておるまい」

成氏はけげんそうな顔をする。右馬介は一瞬ことばにつまったが、すぐに笑い声をあげると、

「いや、国府野又三が聞いてきたのでござる。結城の城下でも評判だそうですぞ。殿、さっそく話をすすめとうございますが、よろしいですな」

「ああ、かまわぬ…」

野田右馬介は成氏の短い返事を聞くとそそくさと帰っていった。

成氏の脳裏には鷲宮神社で出会った〝あやの〟と名のった娘の面影が浮かんだが、すぐにまぼろしのように消えてしまった。

婚礼の準備は粛々とすすめられ、翌年の寛正三年（一四六二）三月に成婚の儀が行われることになった。

成氏の嫁となる簗田持助の妹あやのは、輿入れの準備のため前日に結城家に入った。身の回

りの世話をする御中居《おなかい》と呼ばれる女房衆も多数付き従った。また、故事に明るい宿老の海老名季高《すえたか》、いろいろと物知りの簗田家中間《ちゅうげん》の久能をはじめ、行列に加わる歩卒なども派遣された。

輿入れの行列の出立は夕刻とされ、これは「婚」の字が女偏に昏（たそがれ）と書くためといわれている。古代中国でも日没に行われたと記録にあるという。

結城城では門前の右方に門火と称されるかがり火がたかれ、花嫁をのせた白輿が出立する。花嫁は白綾の小袖、打掛姿で、護符を収めた錦の守袋を胸にかけている。行列は嫁入り道具の入った十以上の長櫃、長持が先を行き、その後に輿が行く。人夫は十徳《じっとく》という羽織のような紺色の上着に白帯をしめている。数騎の侍が歩卒を率いて従い、侍のなかには結城家重臣の多賀谷和泉守の顔も見えた。沿道には町の人々が行列を一目見ようと、日没にもかかわらず多数くり出していた。一生に一度見られるかどうかという華やかな光景を一様にかたずを飲んで見守っていた。古河までは長い道のりのため、この日は小山持政の居城である祇園城《ぎおんじょう》泊まりとなった。

翌日、行列は一路南下し、昼過ぎには古河城下の上宿にある結城家の宿所に入った。そこで、夕刻まで休憩となった。輿入れの際には、それまでの行列を改め、輿が貝桶の次を行く。嫁入り道具や供の者はその後になった。

門前に門火のたかれた古河城に入ると、門内の庭には烏帽子に素襖姿の二人の役人が松明《たいまつ》を手にかしこまっている。輿はそのまま建物内に運び入れられ、待女ろうと呼ばれる女房衆が手燭を持って出迎えた。花嫁は小袖で顔をかくしながら、待女ろうの介添えにより化粧の間とよばれる控部屋に行く。

いよいよ成婚の儀が行われることになる。待女ろうが花嫁を化粧の間に迎えに行き、祝言の座敷に連れてくる。やがて婿の足利成氏も白直垂姿で座敷に入ってきて上座につく。二人はすこし斜めに向かい合ってすわり、待女ろうは嫁の隣にすわる。三人のほかには、酌と給仕をする三人の侍女がいるだけである。

成氏は、この時はじめて花嫁の顔を見た。ふっくらとした唇と、すうっとした鼻筋には見覚えがあった。すこし勝気な目は笑っている。

「そなたは…」

成氏は驚いて、まじまじとあやのの顔を見る。

「はい、上様、お久しうございます」

成氏は心の底から喜びがこみあげてきた。

三盃の儀では、嫁、婿、嫁、待女ろう、嫁の順に盃の酒を飲み干す。当時の盃の儀は、現在の三々九度とは違っていた。

それに続き膳が供された。

祝言の儀が終わり、寝所に移った二人は並んですわり、縁に続く障子を開けて夜の空を見ていた。月は見えず、星がまたたいている。

「まさか、そなたが嫁にくるとはな」

「驚かれましたか」

「驚いたというより、心底うれしかったぞ。鷲宮神社で会ったときから、そなたにひかれていたのじゃ」

「本当でござりますか。ならば、あやのも嬉しうござります」

あやのは目を輝かせて成氏を見た。

「上様」

「何じゃ」

「ずっと、こうしていとうございます」

あやのは、成氏の肩に頭をもたせかけた。

「上様、あやのは上様をずうっと御支えいたしまする。もう、お寂しいなどということはござりませぬ」

「そうか、頼む」

時が止まったかのように、二人はいつまでもそうしていた。

こうしてめでたく成氏とあやのは夫婦《めおと》となり、あやのは古河公方足利成氏の正妻として伝心院殿と呼ばれた。

婚礼の儀が終わって十日ほど過ぎると、成氏たちの生活も落ち着いてきた。そんな中、婚礼の儀が無事に終わったことの挨拶も兼ねて、結城当主であり、成氏の妻伝心院殿の養父である結城成朝が訪ねてきた。

成氏は結城成朝のために饗応の席を設け、奏者の牧定基も相伴にあずかった。実質、二人だけの席であったが、密議でないことを知らしめるために第三者を同席させ、なお二人の会話をじゃましない寡黙な牧定基が選ばれたのであった。事実、牧定基はひとことも発せず、料理をつまみながら二人の会話に耳を傾けていた。

ちょうど興がのって、二人の笑い声が座敷の障子越しに縁にも聞こえていた。

「ということは、上様は嫁が簗田殿の妹御であることを知らなかったわけでござりまするか」

「そうなのじゃ、まったくもって人を食った話でござろう、成朝。野田も簗田もわしを何だと思っているのか」

成氏は苦々しげな表情をしようとするが、つい笑いがこみあげてきてしまうらしい。

「ですが、前もって鷲宮神社でお二人を引き合わせ、上様の意向を確かめるなど、なかなかの気の配りようではありませぬか」

「それがまた小憎らしいのよ。野田の奴め、戦ではそのような策などめぐらしたこともないくせに、こたびだけは小細工をしておるのだ」

成氏の愚痴めいた言い方とは裏腹に、家臣がかわいくてしようがない様子がうかがえて、結城成朝は口元をほころばせる。

「それだけ上様のことを思っているのでござりましょう。いや、羨ましいかぎりです」

そう言った成朝の顔に陰りのようなものが見えた気がして、成氏は固い表情になり、もっていた盃を膳の上に置いた。

「成朝、何か心配事でもあるのか」

結城成朝はあわてて否定し、すぐに伝心院殿の様子などに話題を変えた。

成氏もそれ以上は深くきかなかった。当人が否定しているのに、根掘り葉掘りきくのは礼を失すると思ったのである。

だが後日、成氏はそのことを後悔することになる。翌年の寛正四年（一四六三）、結城成朝は家臣の凶刃《きょうじん》に倒れ、命を落とした。享年二十四歳の若さであった。その跡は、成朝のおいである十二歳の氏広《うじひろ》が継いだ。また、宇都宮氏では、御供衆として公方足利成氏に仕えていた正綱が当主となった。古河公方家を支える諸侯の間でも、明暗が分かれていたのである。

2

古河公方家《こがくぼうけ》で足利成氏《あしかがしげうじ》の婚礼の儀がとりおこなわれ、祝い気分に酔いしれているころ、上杉方がそうした公方方に遠慮したわけでもあるまいが、戦いはまったくと言っていいほど起こらなかった。上杉内で確執があり、戦どころではなかったのである。

先にも述べたように、上杉方は公方方の本拠である古河と利根川をはさんで対峙するかたちで、武蔵五十子《いかっこ》に陣を構えた。その距離は直線にして十三里（約五十二キロメートル）ほどであった。だが、せっかく築いた五十子陣は長らく機能しなかった。

長禄二年（一四五八）、室町幕府が新たな鎌倉公方として送り込んできた足利政知《まさとも》は鎌倉に入れず、伊豆堀越《ほりごえ》（現・伊豆の国市韮山）にとどまったため堀越公方と呼ばれた。なぜ、足利政知が鎌倉に入れなかったかというと、鎌倉周辺はすでに扇谷《おうぎがやつ》上杉氏の支配するところとなっていたからである。

寛正二年（一四六一）の夏ごろになると、相模や武蔵南部に勢力を張る扇谷上杉氏と堀越公方との対立は深刻さを増した。そんな対立のはざまで、堀越公方の執事犬懸《いぬがけ》上杉教朝《のりとも》が突然、自害する事件が起きた。同じ頃、扇谷上杉氏の家宰《かさい》太田道真も隠居している。さらに、翌年三月には扇谷上杉氏が離反して古河公方方につくという「雑説《ぞうせつ》」が流れるまでに波紋が広がった。これに伴い、上杉方有力諸侯の相模三浦時高、武蔵千葉実胤《さねたね》が相次いで隠居、さらに駿河大森実頼も隠居するという異常な事態に陥った。

放っておけば古河公方足利成氏征伐などおぼつかないと見た室町幕府は仲介に乗り出し、ようやく扇谷上杉氏と堀越公方は和解することになった。だが、数年を無駄についやしてしまった。

寛正六年（一四六五）の夏をすぎると、古河公方方が戦の準備をすすめているという報が上杉方にもたらされた。上杉方はあわただしく戦への備えを急ぎ、五十子陣も強化された。

五十子陣は利根川の南に位置し、小山川とその支流にはさまれた台地状の高台に造られていた。ちょうど上州への入口にあたる地点にあった。

五十子陣には多くの小屋が建てられ、兵たちが続々と集まってきていた。さまざまな上杉の軍や国人《こくじん》たちが入り乱れているため、あちらこちらで小屋をめぐる小競り合いが勃発していた。全体として統率がとれていないので、収拾がつかない。

山内《やまのうち》上杉氏の家宰長尾景信《かげのぶ》の兵と扇谷上杉氏の家宰太田持資《もちすけ》の兵との間でも一触即発のにらみ合いが起きていた。

「ここは我らの小屋である。太田殿の軍はお引き取り願おう」

「何を申す。我らが先に来ていたではないか。そちらこそ遠慮するのが筋というものじゃ」

先頭の兵たちはいまにもつかみかからんばかりの勢いである。

「ええい、静まれ、静まれ！」

長尾軍の兵をかきわけて、二人の従者を前にひときわ背の高い武者が先頭に出てきた。

「太田殿はおらんか、太田殿を呼んで参れ」

兵たちは静かになったが、にらみ合いは続いたままだ。しばしの時がたち、兵たちがいら立ち始めた頃、太田軍の兵たちの間からゆっくりとした足取りで太田持資が姿を現した。

「お待たせしました。太田持資でござる。これは長尾殿、ごきげんよろしゅう」

太田持資のあいさつに応えることなく、長尾景信は口を開いた。

「早速じゃが、太田殿、兵を引いていただきたい」

言葉遣いはていねいだが、すこしつり上がった目には敵意が宿っている。近ごろの太田軍の活躍ぶりが評判になっているのが気にくわないのであろう。

「左様でござりまするか。では、仕方がない。我ら、城へもどるといたしまする」

太田持資は何事もなかったかのように涼しい顔をしている。

長尾景信にはこれがよけいに気にさわったと見え、

「何と、異なことを。それではこたびの戦に参加しないということになりまするぞ」

「致し方ございますまい。戦場ならいざ知らず、戦う前から大事な兵たちを野宿させるわけにはいきませんからな。それでは、ご免！」

そう言って太田持資はきびすを返すと、兵たちに引き上げるように指図し、一度も振り返らずにさっさと行ってしまった。太田軍の兵たちもぞろぞろと引き上げ、長尾景信以下、長尾軍の兵たちだけが後に残された。

（太田持資め、いい気になりおって。このことはきっと処罰の対象にしてやらずには済ませぬぞ）

長尾景信は怒りが収まらないまま、急ぎ本陣へ向かった。そこを宿所にしている山内上杉家当主の上杉房顕《ふさあき》に、太田持資との事のてん末を報告した。上杉房顕は代々受け継がれてきた関東管領《かんれい》の座にあった。しかし、古河公方足利成氏と対立している現在、公方を補佐するという関東管領の本来の役割を果たすことはできず、室町幕府の関東における代行者という立場になっていた。長尾景信は上杉房顕にすみやかに軍議を開くよう言上した。なかば有無を言わさぬ景信の物言いに、房顕は神経質そうないら立ちを見せたが、日ごろから親子ほども年上の景信のほぼ言いなりだったので、渋々軍議を開くことに同意した。

本陣の大広間には、上杉勢の主だった武将たちが集められた。山内上杉家からは当主の上杉房顕、家宰の長尾景信、宿老の大石遠江守《とおとうみのかみ》などが顔を並べていた。扇谷上杉家からは当主の上杉持朝《もちとも》、前の家宰である太田道真、それに太田氏に協力する三浦高救《たかひら》が出席していた。当然、太田持資の姿はなかった。

「ここにお知らせしたき儀がござる」

上杉房顕はおもむろに口を開くと、長尾景信の顔をちらりと見てから、皆の顔を見回しながら言葉をつないだ。

「扇谷上杉家の家宰、太田持資殿が陣を離れたそうでござる。許しを得ずに持ち場を離れるなど言語道断。話によっては重い処罰に値する所業と思うが、いかが。な、景信」

房顕は長尾景信に話を振ってほっとしたのか、扇子で顔をあおいだ。

「まこと、拙者の小屋の割り振りようが気に入らぬとみえて、木で鼻をくくったような態度でござった。関東管領家に対して失礼千万ではあるまいか。扇谷殿、いかが」

長尾景信は太田持資に対する怒りがぶり返してきたと見えて、最後は上杉持朝に食ってかかるような態度であった。

上杉持朝は長尾景信より五歳年上の五十歳という老境に達する年齢である上に、生来の温和な性格であるために、微笑をたたえたような表情をくずさなかった。

「はて、これは異なことを。拙者が聞いておるのとだいぶ違いますな。なあ、道真」

持朝は小首をかしげながら、太田持資の父である道真を見た。太田道真も左右にのびた口ひげをなでながら、口元に薄ら笑いを浮かべて語りだした。

「わがせがれに限って持ち場を放棄するなど有り得ませぬ。あれは、父親のわしが言うのも何じゃが、肝のすわった裏表のない男でござる。わしには、公方方の先手をとって出陣すると言って出かけていきました。長尾殿は何か勘違いをされているのではありませぬかな」

三浦高救も道真の人を食ったような物言いに思わず柔和な顔をほころばせたが、長尾景信ににらみつけられて、ばつが悪そうに下を向いた。

上杉房顕は思わぬ展開に、顔を紅潮させて長尾景信を問いつめた。

「景信、これはどういうことだ？」

「しかし…」

長尾景信は言葉を失った。握りしめた拳は怒りと屈辱でわなわなとふるえていた。

気まずい雰囲気を救ったのは、やはりいちばん年上の上杉持朝だった。

「ここで、とやかく議論しても仕方ありますまい。わが家宰の太田持資ははや戦場におもむきました。我らも戦の準備をいたす時でござろう。では、これにて、ご免」

上杉持朝はそう言い終わると、一礼して立ち上がり、太田道真と三浦高救を促して足早に立ち去った。

上杉房顕は長尾景信をひとにらみしてから、思い切ったように立ち上がると、大広間を横切っていった。長尾景信はのろのろとした足取りで部屋を出た。大石遠江守はどう声をかけていいのかわからず、後に続いた。大広間には誰もいなくなり、がらんとした空間は静寂につつまれた。

古河公方の本拠地である古河城では、着々と出陣の準備が整えられつつあった。出陣の門出の祝いも済み、足利成氏は旗指《はたさし》と呼ばれる旗持ちの者に、錦の袋に納められた旗と長さ二丈五尺（約四・五メートル）の竿を手渡した。

軍旗を掲げる役は勇士の役とされ、大へん重要な役目であり、御雑色《おぞうしき》の矢田伊之助が選ばれた。矢田伊之助は体の大きな力自慢で、太い眉と眠っているような細い目が特徴の男だった。矢田は旗を受け取ると、庭を通って中門の外へ出ていった。

足利成氏は、袖が細めの鎧直垂《よろいひたたれ》の上に黒の鎧を着け、折烏帽子《おりえぼし》に頬貫（つらぬき）と呼ばれる虎の毛皮でできた浅沓《あさぐつ》をはいている。中門の外にはすでに供奉《ぐぶ》する将兵が勢ぞろいしており、門前には大将の乗る馬が南を向いてたたずんでいる。やがて、門の内から成氏が姿を現すと、空気がピンと張りつめたようだ。成氏は馬の手綱《たづな》を手にし、二、三歩あゆませると、鐙《あぶみ》に足をかけたが、ちょうどその時、馬がいななかいた。これは不吉の兆候といわれ、御厩衆《おうまやしゅう》が馬の腹帯を解いて、締め直す。成氏は再び鐙に足をかけ、馬にまたがった。いざ出陣である。

足利成氏の前を行く先陣には一色左馬助、結城氏広《ゆうきうじひろ》、成氏の後に続く後陣には野田右馬介《うまのすけ》、簗田《やなだ》持助が並んだ。それぞれに太刀《たち》や兜《かぶと》をもつ中間《ちゅうげん》が四人ずつ付き、馬の前を行く。その後に、騎馬武者や弓をもつ歩卒がつづく。成氏軍約八百は上杉軍と雌雄を決すべく進発した。

成氏たちは、ひとまず騎西《きさい》城に入った。騎西城では城主の佐々木入道が城門の外で成氏を出迎えた。

「上様、このむさくるしい城へよくぞお運びくださりました。遠路、お疲れでござりましょう。さあ、どうぞ中へ」

成氏は広さ十二畳ほどの広間に案内された。騎西城は古河城と違って戦《いくさ》用に特化した城なので、仕切りも板戸で床も板張りだった。

成氏は佐々木入道に命じて物見を出させた。

時が過ぎて物見の者がもどってきた。ここから一里ほど西へ行ったあたりの雑木林のへりで、水色桔梗《ききょう》の旗を掲げた一団が休んでいるのに遭遇したという。扇谷上杉家の太田軍である。その数、四百。成氏は、簗田、野田、一色、佐々木の奉公衆《ほうこうしゅう》と結城氏広に急ぎ出立の準備を命じた。その数、一千。太田軍の倍以上の兵力である。

夏の暑い盛りはとうに過ぎ、空には秋の気配が漂っている。見晴るかす一面の草むらは、青々とした腰ほどもある草におおわれていた。成氏軍はしばし立ち止まり、先遣隊のもどるのを待った。十名ばかりの兵がかけ足でもどってきて、二町（約四百メートル）ばかり先に敵がいるのを発見したと報告した。

成氏は一色左馬助に先陣を命じたが、結城氏広がすすみ出て自分が先陣をつかまつると言い出した。結城氏広は十四歳、二年前に叔父の成朝《しげとも》が二十四歳の若さで家来の凶刃《きょうじん》に倒れたため、家督を継いだのであった。そのため、ここで手柄を立てて若すぎるという懸念を払しょくしようと血気にはやっているのであろう。成氏もそれに気づいたが、敵の数からいっても負けるはずがないという考えから許すことにした。ただ、参謀に一色左馬助を付けることを条件とした。野田は右翼、佐々木は左翼、簗田は後陣として成氏を守る布陣をしいた。

結城氏広と一色左馬助が出発しようとするのを、簗田持助が背後から声をかけて止めた。

「心して当たられよ。太田軍は小勢といえども手強うござる」

結城氏広は馬を止めて振り返った。一瞬、大きな目をむいて迷惑そうな表情を浮かべたが、すぐに目を伏せるようにして、

「心得申した。われら結城勢の存分な働き、上様に御覧いただきとうござる」

そう言って、足早に前方へすすんでいった。一色左馬助も一礼して後に続いた。

「大丈夫でしょうか、あの者たちだけで」

「ま、やらせてみようではないか。太田持資にもんでもらって、鼻っ柱を折られるぐらいが薬

になっていいのではないかな」

　足利成氏は簗田持助を見て、にやりと笑った。

（上様…、この戦だけでなく、その先も見越しておられるのか）

　簗田持助は目の前の戦ばかりに気を取られていた自分を恥じた。

　広々とした野原をすすんでいった結城氏広と一色左馬助の軍勢は、しばらくすると横に広がって隊列を組んだ太田軍に遭遇した。

　結城氏広はまだ幼さの残る顔をまっすぐ太田軍に向けた。

「何ほどのことはある。一色殿、われらだけで蹴散らしてくれましょうぞ」

「なりませぬ。左右翼に野田殿と佐々木殿の軍勢が展開してから攻めるという手はずですぞ」

「おじけづいたか、一色殿」

「何を申す、拙者は上様の指図を守るまで」

　一色左馬助はむっとして思わず「この小童《こわっぱ》め」とつぶやいた。

　それが聞こえたのか、結城氏広は一色左馬助をひとにらみすると、

「皆の者、かかれ！」

と、全軍に攻撃を命じてしまった。

「あッ、早まるな、結城殿」

一色左馬助が制したが、すでに結城勢は太田軍めがけて駆け出していた。ときの声に驚いたかのように、太田軍はいっせいに後ろを向くと一目散に逃げだした。

「戦わずして逃げるとは、この腰抜けども。やはり農民は田を耕しておればいいのじゃ」

結城勢は勢いにのって、逃げる太田軍を追いかける。だが、それは太田持資が仕掛けた罠だった。兵たちが逃げた先には、横に並んだ一団が待ち構えていた。結城勢はあまりに敵陣深く入りすぎた。横に並んだ一団がいっせいに矢を射かけてきた。馬上の武者は落馬し、走っていた兵はばったり倒れた。混乱する結城勢に今度は槍と太刀で切り込んでくる。結城勢の損害は測りしれなかった。

やっと右翼に到着した野田右馬介は思わず舌打ちした。

「もう戦を始めおった。早ければいいというものではないわ。めしだって早く食えば、腹痛をおこす。馬鹿め」

そうは言っても味方なので助けなければならない。野田右馬介は弓隊に矢を射させた。先般の戦と同じで矢は敵まで届かない。それでも、こちらに気づいた太田勢は矢を射かけてきて、結城勢への攻撃がすこしゆるむ。そこへ、一色勢が加勢して何とか結城勢を逃がす隙をつくる。敵の矢は野田右馬介の近くにも飛んできて、地面にささる。

「おお、くわばら、くわばら。皆の者、引け！　もう一度、立て直しじゃ」

野田右馬介は大声で叫んで、自らも急ぎ陣へもどっていった。

太田持資は後方にいて床几《しょうぎ》に腰かけて軍配を振るっていた。算を乱して敵は逃げていく。最初に突進してきた若い大将は結城氏広であろう。こうもたやすく罠にかかるとは、実戦の経験などないのだろう。（わかっていていてわざと送ってきた）太田持資は古河公方足利成氏の考えを推し測った。（何という器の大きさよ）世が世ならば、持資も公方の傘下に入っていたはずである。そんな思いが脳裏をよぎった。それを振り払うかのように持資は命令を発した。

「傷ついた敵兵は深追いするな。傷の重い者は手当てすべし」

太田持資はきびしい中にも優しさを併せ持つ、いつもの軍師の顔にもどっていた。

成氏軍は騎西城までもどった。太田勢もそれ以上追わなかった。兵力では劣るため、戦が長引けば不利になるのはわかっていたからである。

再び騎西城に入った成氏たちは、さっそく大広間で軍議を開いた。成氏を上座に、左に簗田持助、野田右馬介、佐々木入道が並び、右には結城氏広、結城家重臣の多賀谷和泉守《いずみのかみ》、一色左馬助が向かい合うように並んだ。

成氏がまず口を開く。

「こたびは緒戦で不覚をとった。これより態勢を立て直して敵に立ち向かうには、太田軍と再び相まみえるか、それとも五十子に向かうべきか。思うところを申し述べよ」

まっ先に声を発したのは結城氏広だった。

「申し上げます。先ほどは功をあせり不様《ぶざま》な戦いをしてしまいました。今いちど、機会をくだされば必ずや太田軍を完膚なきまでに打ちのめして御覧にいれましょう」

それを聞いた野田右馬介は隣の佐々木入道に顔を近づけてささやいた。

「小童め、まだ懲りぬとみえるわ」

佐々木入道は剃髪した後頭部を手のひらでたたきながら、ため息まじりに言った。

「こりゃ一生、懲りぬでしょうな」

向かい側に座していた多賀谷和泉守がにらみつけてきたので、野田右馬介はわざとらしく咳払いした。

それまで黙っていた簗田持助が意見を述べた。

「このまま攻めれば、敵は河越《かわごえ》城に逃げ込むでありましょう。深追いすれば、上杉本隊に背後をつかれるやもしれませぬ。ここは、五十子へ向かうが上策かと」

この策に賛同する者が多く、多賀谷和泉守までが賛成に回ったため、結城氏広といえども沈黙せざるを得なかった。

成氏軍は利根川に近い南河原まで進み、上杉勢の本拠地である五十子陣と対峙したが、上杉勢はいっこうに動く気配を見せなかった。成氏軍も十日ほど滞陣したのち、今いちど陣容を立て直すことにして古河へ帰った。

それから半年もたたないうちに、古河公方方と上杉方は再び対峙することになった。元号が改まった文正元年（一四六六）二月、足利成氏は前回も参加した奉公衆の簗田、野田、一色、佐々木と、下総《しもうさ》の結城氏広の軍勢に加え、奉公衆の金田、下野《しもつけ》の小山持政《おやまもちまさ》、宇都宮正綱と那須氏、常陸《ひたち》の小田氏を新たに招集した。

三千に達した大軍は古河城を発してほぼ東へ進み、上州世良田に陣をしいた。上杉勢四千が集結する五十子陣と利根川をはさんで二里（約八キロメートル）の距離でにらみ合った。

太田持資は腕組みをして、うんざりしていた。軍議はすでに昼過ぎから始めて夕方になろうというのに、いまだに結論が出ない。利根川の対岸の世良田に滞陣している古河公方軍にどう対処するかで、議論は混迷を極めていた。山内上杉家の家宰長尾景信は、つり上がった目をさらにつり上げて、

「真っ向から利根川を押し渡り、公方軍を一気にたたきのめすべし」

などと勇ましいことをまくし立てている。だが、渡河中を敵にねらい撃ちされれば、甚大な損害が出るのは目に見えている。長尾景信ほどの武将がそのことに気づかないはずはない。どうせ先陣は、扇谷上杉家の、しかも太田軍にやらせて、力をそいでおこうという魂胆がすけて見

える。当然、扇谷上杉家当主の上杉持朝はその策に反対し、古河公方軍の出方を見る持久戦を主張した。山内上杉家当主の上杉房顕は、家宰の長尾景信の影響下から脱しようと、一定の勢力を大回りさせて利根川の対岸に向かわせ、敵をそちらに引きつけておいて、その隙に主力を最短距離で渡河させてはどうかという策を示した。

太田持資はなかなか考えられた良策だと思ったが、あえて賛同の意見は述べなかった。なぜなら、老練な長尾景信と上杉持朝のはざまで、若い房顕の意見が通るとはとても思えなかったからである。

結局、どの策へも意見を集約することができず、軍議は終了し、結論は次の機会に持ち越されることになった。こんなことを、もう五日もやっている。太田持資はその間、一度も発言しなかった。そして、隣にすわっている三浦高救《たかひら》に吐きすてるように言った。

「ふん、あっぱれなまでの堂々巡りよ」

「まるで茶番ですな」

三浦高救は、おだやかな顔に皮肉な笑みを浮かべてつぶやいた。

そうこうしているうちに二月十二日、大将の山内上杉房顕が陣中で突然、病没した。若いうちから山内上杉家当主という重荷を背負い、精神的にも抑圧された鬱憤がたまって、次第に病にむしばまれていたのであろう。あまりの急な当主の死に衝撃を受け、自分の接し方も死の一因になったかと思うと、さすがに家宰の長尾景信といえども意気阻喪し、兵を率いて鎌倉に帰ってしまった。

その頃、利根川対岸の古河公方軍の陣では、寒さの中の長滞陣で荒れる者が続出する始末で、あちらこちらで小競り合いが勃発していた。とりわけ上州のからっ風に兵たちは悩まされた。

時おり吹き抜けていくすさまじい突風に幔幕《まんまく》があおられ、いまにも引きちぎられて飛んでいきそうな本陣で、足利成氏は飛んでくる砂ぼこりから顔をそむけた。

「持助、いま何と言った。風のうなりで、よう聞こえぬ」

簗田持助は上体を成氏に近づけ、大声を出した。

「どうも上杉の陣が静かすぎまする。何か異変があったかと。間者《かんじゃ》を放って探らせようと思いますが、いかが」

「うむ、持助、そちに任す。いやあ、これはたまらん。皆、小屋に引き上げい」

成氏は床几から立ち上がると、小走りで小屋へ向かった。

五十子陣の城下には市がたち、陣がつくられてから八年が経過しているので、それなりのにぎわいを見せている。兵だけでも三千ちかくもいるのだから、自然に商人たちも集まってくるのだ。

その市のたつ道を、烏帽子に水色の直垂、白い袴といういで立ちの若い男がゆったりとした足取りで歩いていく。恰好からすれば高貴な身分のようだが、よく見れば顔は浅黒く、目を常に油断なく周囲に配っている様子は、どこか違和感を覚えさせる。だが、道行く人や商いの者たちは、その派手な衣装に目を奪われて、顔の表情に気づく者はいなかった。

鍛冶屋の鋳物師や塩商人の小屋が建ち、薪売り、烏帽子屋、わらぞうりの店などが軒を連ね、酢売りや白粉売りの販ぎ女（ひさぎめ）の姿も目立ち、繁盛ぶりが手に取るようにわかる。ただ、店じまいする者がいるなど、何となく落ち着かない。国府野又三はそう感じた。本人は陰《おん》陽《みよう》師《じ》になりきったつもりだが、どう見ても似合わない。だが、それでいい。思いっきり似合わない方が、かえって怪しまれないものだ。目立つことで、かえって目くらましになるということもある。又三は経験からそう思っている。

そのすこし後ろを、前後にかめをつるした天秤棒《てんびんぼう》をかついだ、みすぼらしい身なりの小柄な男がついてくる。天秤棒にくくりつけられた旗から酒売りだとわかる。折しも女曲舞《おんなくせまい》の一団がすれ違っていった。曲舞は近ごろはやっている舞である。国府野又三は女曲舞を見送るように振り返ったが、一瞬、酒売りの男と目配せする。時おり、道を風が吹き抜けていくが、北西に広がる雑木林のおかげで、いくぶん弱められているようだ。

酒売りの男は、店じまいに精を出している烏帽子屋の前にかついでいたかめを下ろして、店の主らしき男に声をかけた。

「ちょっと聞きてえが、隣で商いをしてもいいかね」

店の主は烏帽子を片付けていた手を休めて、酒売りの男をうさんくさそうに見た。

「これから商いだって。お前さん、何も知らねえのかい」

「何か、あったのかい」

店の主は声をひそめて、

「山内上杉家のご当主、房顕様がお亡くなりになったのさ。それで、長尾景信様以下、主だったお侍はみんな陣を引き払ったそうだ。近いうちに、公方様の軍勢が攻めてくるという話だ。悪いことは言わねえ、お前さんも早く逃げた方がいい」

店の主はそう言って、再び烏帽子の片付けに没頭した。

その時、折烏帽子に胴丸をつけた武士が三人、向こうの方からやってきた。

酒売りの男はあわてて天秤棒をかついで立ち去ろうとしたが、かめが傾き酒がすこしこぼれた。

武士の一人がそれに気づいて、声をかけてきた。

「そこの酒売り、しばし待て」

酒売りの男はますます狼狽し、落ち着きなく周囲を見回し、すこし離れたところにいる国府野又三に助けを求めるような視線を送ってくる。又三は知らぬふりを決め込む。

三人の武士は、酒売りの男を取り囲むように退路を断った。

「む、あやしい奴、おまえ、何者だ」

酒売りの男は尻もちをつく。又三もこれは放っておけないと見て、そちらに近づいていく。

「あいや、これはいかん。そなた、死相が出ておりまするぞ」

三人の武士はいっせいに又三を見て、その派手な格好に目を丸くした。

死相が出ていると言われた武士が思わず後ずさりする。それを見た又三がさらにたたみかける。

「うむ、見える！　竹にとまった雀が鷹に襲われておる」

竹に雀は上杉家の家紋である。もう一人の小柄な丸顔の武士が声を出す。

「竹にとまった雀というのは上杉のことか。さすれば、鷹は公方様ということだな」

さらに別のすこし知性の感じられる目をした武士が続ける。

「おぬし、もしや陰陽師か。物の本で読んだことがあるぞ」

「さよう、拙者、安倍晴明《せいめい》の流れをくむ安倍晴暗《せいあん》と申す者。さ、早う、お逃げなされ」

「かたじけない、晴暗殿と申すお方、われら、これにてご免つかまつる」

三人の武士は一礼して立ち去っていった。

「いやあ、兄貴、助かった。どうなるかと思ったよ」

酒売りに扮した作之介は、前歯の欠けた口をあけて笑った。

「たわけめ、うろたえるでない。うろたえるから疑われるのじゃ。さ、早う、簗田様にお知らせせねば」

二人は元きた道を急ぎもどっていった。

上杉方の本拠地である五十子陣へ間者として放っておいた御厩衆の国府野又三と作之介がもどり、簗田持助はさっそく二人から報告を受けた。それによると、数日前に山内上杉家当主の房顕が突然の病で亡くなり、家宰の長尾景信や扇谷上杉家当主の持朝をはじめ、主だった者たちは皆、国元へ帰ったということであった。後に残ったのは地元の庁鼻和《こばなわ》上杉とその配下の国人たちだけという有様だというのである。

簗田持助は二人の労をねぎらい、急ぎ成氏に伺いをたてた。

成氏は軍議を開くため、奉公衆たちと諸侯を招集した。

この日は、数日にわたって吹きすさんだ風は収まったが、空はどんよりとして今にも白いものでも落ちてきそうな冷え込みようであった。

本陣の幕の内には、簗田、野田、一色、佐々木、金田の奉公衆と、結城氏広、宇都宮正綱、那須、小田の諸侯が勢ぞろいしたが、小山持政の顔が見えない。

「持政はどうした?」

成氏は皆を見回しながらたずねる。しばしの沈黙があり、二、三の者が結城氏広を見る。結城氏広はばつが悪そうに下を向いたが、やがて顔を上げると重い口を開いた。

「おそれながら申し上げます。実は、拙者との間でいささか行き違いがあり、小山持政殿はご立腹なされて国元へお帰りになりました」

「何と、わしはなにも聞いておらぬぞ」

成氏は気色ばんで語気を強めた。

「申し上げます。拙者、持政殿から言づてを頼まれておりまする。上様にあわせる顔がないのでよろしくとのことでござりまする」

そう発言したのは宇都宮正綱であった。

「正綱、それをなぜ早く言わん」

成氏はいら立った様子で、持っていた扇子の先を宇都宮正綱に向けた。

「申し訳ござりませぬ。つまらぬ小競り合いが出来《しゅったい》いたしたために失念しておりました」

宇都宮正綱は頭を下げる。成氏は、正綱の左頬に傷があり、赤くはれているのに気づいた。

「正綱、その頬の傷はどうした」

「これは…、また、後ほどお話しいたしまする。それより、結城殿のお話が先かと、実は私もその場に居合わせておりました」

宇都宮正綱はそう言って、話を促すように結城氏広を見た。

結城氏広の話はこうであった。

それは夕べのことで、小山持政、結城氏広、宇都宮正綱の三人は、宇都宮正綱の小屋で酒を飲んでいた。あまりの長滞陣と寒さで気がゆるんでいたとしても仕方のないことであった。

「まったく冷えるの。それに、こう長々と待たされてはかなわぬ。酒でも飲まずにはとてもいられぬわ」

結城氏広が立て続けに盃の酒をあおる。見かねた小山持政が、おだやかな口調でいさめる。

「結城殿、いささか酒が過ぎるようでござるの。もすこし、ゆるりと飲まれよ」

氏広はおもしろくなさそうに酔いのまわった大きな目で持政をにらみつける。まだ十五歳と若い氏広は感情を抑えることができない。

「ふん、持政殿のようなお年を召された方はいざ知らず、拙者、これしきの酒で取り乱したりはいたしませぬ。ご心配ご無用」

小山持政は年寄り扱いされて気分を害したようであったが、五十に手が届こうかという年相応の分別を持ち合わせていたので、ここはぐっと我慢した。

今まで黙っていた宇都宮正綱がたまらず口をはさんだ。

「結城殿、お言葉が過ぎまするぞ。そのような物言い、持政殿に失礼であろう」

宇都宮正綱は二十四歳、長らく公方家に御供衆として仕えていただけあって、礼儀を重んじるようたたき込まれていた。

「確かに、拙者は田舎育ちであるゆえ、礼儀をわきまえぬところがあるやもしれぬ。正綱殿のように公方様にお仕えして礼儀作法に通じておられる方から見れば、粗野に映るであろうな。ですが、武士としてはいかがなものでしょうな。拙者には正綱殿が時おり公家《くげ》に見えることがありまするぞ」

結城氏広はそう言って、おもしろそうに笑うのだった。宇都宮正綱は優しそうな顔を紅潮させて黙ってしまった。悪酔いした若者は手がつけられないと観念したようだ。老練な小山持政はそうした空気を察して話題を変えた。

「早いところ上杉との決着をつけたいところでござる。そろそろ公方様にもご決断いただきたいものじゃ」

結城氏広はまどろんだようなまなざしを持政に向けた。目にはいつの間にか敵意がこもっている。このこう着状態が公方成氏の責任であるかのような物言いが気に食わなかったのであろう。

「持政殿は上杉に知己がおられましょう。以前は上杉方に属しておられたのですからな。それとも、もう気脈を通じておられて、われらのことが筒抜けというようなことはよもやありませんでしょうな」

「結城殿、お口が過ぎまするぞ」

宇都宮正綱はいつになく強い口調で結城氏広をいさめた。

小山持政は能面のような表情をいささかも変えなかったが、言葉には静かな怒りが込められていた。

「酒の席とはいえ、この持政、このような屈辱を味わったのは生まれて初めてじゃ。しかも、このような小倅《こせがれ》に言われるとはな」

今度は結城氏広が黙ってはいない。腰の脇差に手をかけて、

「小倅とは何じゃ、無礼にも程があろう」

二人は立ち上がって一触即発のにらみ合いになった。

「お二人とも、やめんか。陣中でござるぞ」

宇都宮正綱が二人の間に割って入る。小山持政はふっと息をはいて冷静さを取り戻すと、正綱に静かに言った。

「正綱殿、悪いが上様にお伝えくださらぬか。小山持政は火急の用事ができて、おいとまの挨拶もできぬまま祇園城《ぎおんじょう》にもどったと。われら夜が明けぬうちに出立いたす」

小山持政は二人に背を向けると小屋を出ていった。

「以上が事のてん末でござる。まこと無礼の数々、申し訳ございませぬ」

結城氏広はそう言って平伏した。

成氏はあきれ果てた顔で氏広を見ていたが、やがて気を取り直したようにおだやかに言った。

「氏広、以後気をつけよ。済んでしまったことは仕方あるまい。小山持政の突然のいとまも不問に付す。ところで、正綱、頬の傷の件じゃが…」

「はッ、今朝方のことでござりまするが、物置小屋の方が騒がしゅうございましたので行ってみますと、十人ばかりの兵が小競り合いをしておりました。一方はわが宇都宮の兵で、もう一方は一色殿の兵でした。聞いてみますと、一色殿の兵が当方のまきをくすねたとか、くすねなかったとか。一度収まりかけた騒ぎが何かのきっかけで殴り合いになり、どちらかの兵が振り下ろしたまきが、拙者の頬に当たったという次第。まことに面目ありませぬ」

宇都宮正綱も平伏した。

成氏が一色左馬助を見ると、左馬助は顔を伏せた。野田右馬介は長い顔を横に振るばかりで、簗田持助は黙って前方を見つめている。

（昔はこうではなかった）諸侯や奉公衆の一部が代替わりして、統率にひびが入り始めているのだろう。この騒動は前途に暗い影を落とした。

成氏はあきらめたようなさばさばした口調で言った。

「こう不祥事ばかりが続いては、敵を打ち負かすことなど夢にもできまい。それに間者のもたらした報によれば、上杉勢は一部を残して五十子を離れたようじゃ。そのような陣を勝ち取ったところで、何の功もあるまい。これはもう我らも陣を引き払うが上策と思うが、いかに」

簗田持助が付け加えるように言った。

「五十子陣は武蔵と上州の結節点、つまり上杉の領地のはざまにありまする。いずれ上杉が盛り返した時には、守るのは至難の業でありましょう」

「ならば、我らはすみやかに、この地を離れる」

成氏はきっぱりと宣言した。翌日、古河公方軍は全軍が撤退し、それぞれの領地へと帰っていった。

寒い冬が過ぎ、桜が咲いて散り、新緑の美しい季節になると、古河公方家では公方成氏から下働きの者まで、明るい話題にわきかえった。御台様《みだいさま》である伝心院殿に男の子が誕生した。待望のお世継ぎが生まれて、城下の人々も祝いの気分につつまれた。

古河城の向居殿の一角にある十二畳の座敷には、伝心院殿と赤子が寝起きしている。赤子が誕生して三日目の産湯も済み、七日目のお七夜を迎えていた。

御台様にお付きの御仲居のちゆが、餅の入った椀をのせた膳を運んできた。

「御台様、戴《いただき》の餅でございます。どうぞ、召し上がれ」

お七夜には、産神《うぶがみ》に供えた餅を〝戴の餅〟と称して、産婦に食させる風習があった。椀に入った餅は、ひしおの汁で味付けしてある。

「おお、これはかたじけない。では、遠慮のう頂きまする」

白小袖姿の伝心院殿は椀を手にとると、はしで餅をつまんで食べる。

「うん、これは美味じゃ」

伝心院殿のいくぶんやつれた顔に笑みが浮かぶ。ちゆは面長の顔をやや傾けて、やさしいまなざしを伝心院殿に注いでいたが、思わず微笑んだ。ちゆは奏者《そうじゃ》の二階堂成行《しげゆき》の妹で、繊細な心ばえと頭の良さを買われて、歳も同じくらいというので、御台様のお付きに選ばれた。

伝心院殿が戴の餅を食べ終えて、ちゆと二人で赤子の寝顔を見守りながら、言葉をかわしていた時であった。

「失礼いたしまする」

障子の外で艶やかな声がしたと思うと、ふくよかな女が障子を開けて座敷に入ってきた。体もふくよかなら、顔も下ぶくれで目はたれ気味で、いつも笑っているように見える。この女は御乳人《おちのひと》の〝みわ〟で、宿老の高右京亮《こううきょうのすけ》の妻である。御乳人とは乳母のことで、みわは二十六歳、二人の子どもを育てた経験がある。二か月前に子を産んでおり、御乳人に選ばれた。みわは御乳人になったことで、大きな権力を手に入れたのだった。御乳人の夫である高右京亮も同様で、一気にその地位は上がることになった。高右京亮は三十歳、下野足利荘の出で、数か月前に訴訟関係の手腕を見込まれて公方家に召し抱えられた。その名字から室町幕府初代将軍の足利尊氏を支えた高一族の血筋を引いていると思われるが、その辺は定かではないようだ。

「御台様、もう半刻ほどしてから上様がお越しあそばすそうでございます」

みわは障子の脇で両手をついたまま言上する。

「まあ、すやすやと眠っておいでですこと。きっと上様がよい名を付けてくだされましょう」

「みわ、お役目ご苦労。下がって休まれよ」

伝心院殿はやさしく笑って、みわを気遣う。

「それでは、お言葉に甘えて」

みわは、いっそう艶やかな声でこたえて、座敷から出ていく。伝心院殿とお付きのちゆは、みわの話し方に顔を見合わせて微笑む。

半刻（約十五分）ほどが過ぎ、「失礼つかまつる」と障子の外でよく通る声がして、障子が開き、高右京亮が姿を現す。

「上様がお見えでござりまする」

障子のところでかしこまっている高右京亮の脇を通って、足利成氏が白直垂姿で伝心院殿のそばまで行き、あぐらをかく。手には折紙と刀を持っている。成氏は折紙を開いて、伝心院殿に見せながら、すこし勢い込んで言った。

「御台、子の名は〝鶴王丸〟とする」

成氏は幼名の書かれた折紙と小さな刀を赤子のそばに置く。お七夜には生まれた子に名前を付けることになっていた。

「ありがたき幸せ。御名にふさわしい子に育ってくれますように」

伝心院殿は両手をついて深々とおじぎをする。そして再び、ちゅと目配せしてにっこり笑う。この鶴王丸こそ、二代古河公方となる政氏《まさうじ》である。

翌年は元号が改まって、応仁元年（一四六七）となった。京の都では、その後十年間にわたって戦乱の世が続く応仁の乱が始まった年である。おめでたい出来事があった古河公方家とは裏腹に、上杉方では前年の山内上杉家当主の房顕の死に続いて、扇谷上杉家当主の持朝が河越城で病没した。子の顕房《あきふさ》は（山内上杉家当主の房顕とまぎらわしいが）享徳《きょうとく》の乱の最中に分倍河原《ぶばいがわら》の戦いですでに戦死しており、わずか八歳の孫政真《まさざね》が家督を継いだ。そのため、家宰である太田持資の役割がますます重要になりつつあった。公方方と上杉方で明暗を分けた格好に見えたが、事はそう単純にはいかなかったのである。

3

公方《くぼう》就任以来、関東平定の旗印を掲げて、上杉打倒に燃える足利成氏《あしかがしげうじ》だったが、高い理想とは裏腹に遅々としてはかどらない現実を直視すると、あせりを禁じえなかった。とりわけ、伊豆に本拠を構える堀越《ほりごえ》公方足利政知《まさとも》の存在が目の上のたんこぶだった。関東に公方が二人いるというのが、そもそも不可解であり、我慢のならないことであった。

文明三年（一四七一）になると、ついに足利成氏は堀越公方討伐のため、長駆、伊豆をめざした。だが、三島の戦いで成氏軍は惨敗を喫した。途中の相模《さがみ》は扇谷《おうぎがやつ》上杉氏が支配していたし、伊豆は幕府方の駿河今川氏からも近く、容易に援軍が得られるのだ。成氏にとっては無謀な賭けであり、あせりから判断の狂いが生じたといわれても仕方のない戦いであった。

時を同じくして、下野《しもつけ》小山《おやま》氏、常陸《ひたち》小田氏が相次いで離反し上杉方につくという衝撃が待ち受けていた。小山氏は室町幕府将軍の足利義政からの再三の御内書に抗しきれなかったようで、小田氏は山内《やまのうち》上杉家当主の顕定《あきさだ》からの誘いにのったらしい。十年以上前にも上野国《こうづけのくに》岩松氏が古河《こが》公方方から去っていて、戦が長びくにつれて幕府の締め付けも厳しさを増しており、公方方の弱体化は徐々に進んでいた。

こうした追い風にのって上杉方は大攻勢に転じ、四月には上野国佐貫荘（現・館林市）、下野佐野荘を手に入れ、五月には只木山城を陥落させた。さらに、古河公方家奉公衆《ほうこうしゅう》の一色左馬助が守る幸手《さって》城も落城した。破竹の勢いの上杉軍は、公方方の本拠である古河城に迫ろうとしていた。

その頃、古河城主殿《しゅでん》の大広間では、公方の足利成氏、奉公衆の簗田《やなだ》持助、野田右馬介《うまのすけ》、佐々木入道、幸手城を追われた一色左馬助、そして結城《ゆうき》家当主の氏広《うじひろ》が、地図をかこんで今後の対応策を練っていた。

うだるような暑さの中、外に聞こえてはまずい話なので、縁《えん》に面した障子は閉め切ってあるため、風も入らず熱気がこもってしまっている。烏帽子《えぼし》の下の顔からは否応なく汗がしたたり落ちる。扇子であおいでも、まるで効果がなかった。頭の働きもにぶっているのか、大した案も浮かんでこない。時が緩慢に流れていくような昼下がりであった。

何やら庭の方で人の声がする。成氏のぼおっとした頭にも、その声が次第に大きくなるのがわかった。それも一人ではないらしい。

成氏は地図から顔を上げて、左斜め前にいる一色左馬助に声をかけた。

「左馬助、外が騒がしいようじゃ。ちと、見て参れ」

一色左馬助はまぶたが閉じそうだった目を大きく見開くと、

「はッ」

と返事をして立ち上がり縁へ出ていった。

しばらく話し声がしていたが、一色左馬助がもどってきて小声で告げた。

「どうやら城下に入り込んだ間者《かんじゃ》を捕らえたようにございます」

「なに、間者とな」

成氏たちは一様に立ち上がると、縁へと向かった。障子を開けて縁へ出てみると、庭に御雑《おぞう》色《しき》の河連国久とその配下の者二人が商人風の男を取り押さえている。御供衆の高師久《こうもろひさ》に床几《しょうぎ》をもって来させ、成氏はそれに腰を下ろす。他の者は縁に片膝をつきいつでも動けるように控える。河連国久が片膝を地面につき言上する。

「申し上げます。この者、ご城下で怪しい動きをしていましたゆえ、ひっ捕らえてございます。身を調べましたところ、懐に密書とおぼしき文《ふみ》を隠し持っておりました」

河連国久は自らの懐から細長い文を取り出して、縁に近づき手を伸ばして縁の上にいる簗田持助に手渡した。持助は険しい表情で文を開くと読み始めた。

「これは小山持政殿からの密書でございまするな」

「で、上杉宛か」

成氏もやはりきびしい顔付きで問う。持助は落ち着いた表情にもどって、

「いいや、上様宛にございます」

「何、わしにだと…」

成氏は驚きの表情を浮かべて、持助から文を受け取ると、むさぼるように読み始めた。

「『こたびは再三の将軍義政様からの御内書により、やむなく上杉方に付く仕儀と相成り候えども、心は常に上様の側にあり候。つきましては、来る六月十四日をもって上杉方の古河城総攻撃のはかりごとありをお知らせ致したき旨…』持政が上杉の動きを知らせて来おった」

佐々木入道が、みけんにしわを寄せて口をはさむ。

「十四日といえば、明後日。とても軍勢を集めるのは無理でござりまするぞ」

結城氏広が目をぎょろりとむいて、息せき切って言う。

「それより、罠ではありますまいか。この者を痛めつけて口を割らせましょう」

簗田持助が、今にも飛びかからんばかりの氏広を制して、

「いいや、小山殿はそのような策をろうするお方ではござりませぬ」

「なら、どうする」

「籠城しかあるまい」

「籠城は先がない」

今後の方策については意見が分かれた。

それまで黙って聞いていた成氏が、悟ったようにぽつりと言った。

「ならば、城を出るか。千葉でも頼って落ち延びるか」

野田右馬介がびっくりして大声を出す。

「何と、そうやすやすと城をお捨てになるなどなりませぬ」

「捨てるといっても、いっときのことじゃ。こたびは分が悪い。できるだけ早く取り返すつもりじゃ」

簗田持助が冷静にことばを選びながら語る。

「ですが、城がもぬけの殻とわかれば、小山殿がまっ先に疑われましょう。拙者が上様に成りすまして、しんがりを務めまする。拙者は上様と年恰好も似ておりますゆえ、かぶとをかぶれば敵もわかりますまい」

「それでは持助、おぬしの命が危うい」

持助はにやりとして、

「そこは小山殿にもうひと肌脱いでいただこうかと…」

成氏は手にしていた扇子でぴしゃりと膝を打つ。

「なるほど、それでは持政に文をしたためよう」

「いいや、文は無用にござりまする。それがしの口からじかにお館《やかた》にお伝え申しますゆえ」

捕らえられていた商人風の男が力強く言った。まなじりを決して、鋭い眼光に変わっていた。

「あいわかった。その者を解き放て。馳走などしてやりたいが、なにぶんひまがない。急ぎ祇《ぎ》園城《おんじょう》へもどり、持政に伝えよ」

「ははッ」

「ところで、そちの名は何という」

「はッ、小山家政所《まんどころ》執事《しつじ》、間々田藤右衛門と申します。では、これにてご免」

間々田はそう言うと、足早に庭を出ていき、すぐに姿が見えなくなった。

成氏たちは座敷にもどって、上杉方の総攻撃への対応を評定した。成氏は、明日の昼過ぎには古河城を出て境に至り、そこで常陸川を渡り関宿《せきやど》を通って一路、南東へすすんで千葉をめざすことにした。

常陸川はさほど大きな川ではなく、連日の日照り続きで渡るのはそれほど難儀ではない。常陸川を渡れば、後は川らしい川もなく、陸路も比較的平坦なため移動は容易であった。ほぼ一直線に進むことができるので、現在の感覚よりもむしろ近く感じられたかもしれない。

成氏に従うのは、幸手城を追われた一色左馬助、幸手に近く陥落必至の栗橋城の野田右馬介であった。簗田持助はしんがりを務めた後、関宿城に入る手はずに決まった。河川に囲まれた関宿城は守りが固く、また古河城を回復する時の橋頭保《きょうとうほ》として重要となるため、何としても死守する必要があった。

敵に追いつかれないために強行軍が予想されるので、女こどもは連れて行けない。そのため、結城氏広が女こどもをいったんかくまい、後日ゆっくりと千葉へ連れていくことに決まった。また、佐々木入道は騎西《きさい》城に帰り、危なくなったら菖蒲《しょうぶ》城の金田則綱ともども千葉に向かうことになった。

さっそく成氏は千葉館の千葉輔胤《すけたね》、孝胤《のりたね》父子に使いを出すよう命じた。今年の正月に千葉孝胤は年頭の挨拶に古河城を訪れており、火急の時には公方成氏をお迎えする用意のあることを告げていたのであった。奉公衆と結城氏広は各々の準備をすすめるため、座敷を出ていった。成氏は河連国久に鳳桐寺の光仙和尚を呼ぶように命じた。間々田藤右衛門とやらは信用できそうだが、万一にも手違いがあるといけないので、光仙和尚に小山持政への文を届けてもらおうと思ったのだ。

一刻ほどして光仙和尚が到着した。鳳桐寺は古河城の東の堀の向こう側にあった。光仙和尚は成氏と向き合ってあぐらをかくと、両手をひざに置いたまま一礼した。四十五、六歳になるだろうか、太い眉には白いものが混じっていた。

成氏が小山持政への使者を頼むと、光仙和尚は仏頂面になった。

「やっかいなお鉢が回ってきましたな。ま、敵がもう途中まで出てきておりますでしょうから、僧ぐらいしか通れますまい。拙僧が行くしか方策はありませんな」

「和尚、そのひとこと多いくせは何とかならぬのか」

成氏は端正な顔をわざとしかめてみせる。光仙和尚はかすれた声で笑って、口元をゆるめる。

「これは手きびしい。問答で鍛えた拙僧といえども、上様にはかないませぬ。いっそのこと、これを機会に出家なされてはいかがですかな」

「また、そのような戯言《ざれごと》を。和尚こそ、生ぐさ坊主をやめて還俗《げんぞく》したらどうじゃ」

二人は顔を見合わせて面白そうに笑った。ひとしきり笑ってから、光仙和尚は真顔にもどり、

「それでは、さっそく出立いたしまする」

「うむ、頼むぞ、和尚」

歳の割にはかくしゃくとしている光仙和尚が部屋を出ていくのを、成氏は目を細めて見送った。


次の日の昼過ぎ、成氏たち一行は古河城を出て境へと向かい、境で常陸川を渡り、その日は関宿城に一泊した。翌朝早く関宿城を出発すると一気に南東へと進み、流山で一夜を明かした。そして、古河を出て三日目の夕方、千葉に到着した。

成氏たちが古河城を去った後、城に残った簗田持助は、足利成氏のよろいを身につけ、虎革

の浅沓《あさぐつ》をはき、静かに庭に置かれた床几に腰かけていた。かたわらには足利家の家紋〝足利二つ引き両〟の入った旗を持った旗指《はたさし》がひかえていた。夏の日の太陽は容赦なく照りつけていた。

ほどなくして物見の者がもどってきて、敵が近くまで迫っていると告げた。

「よし、城門を閉じよ」

簗田持助は配下の者に下知し、床几から立ち上がると中門の外へ歩いていった。すでに持助の馬が用意されており、騎馬武者や歩卒も集まっている。城門の外では敵が押し寄せてきたと見え、ときの声が上がった。古河城内に残った兵はわずか二百で、まともに戦えばひとたまりもない。半刻もたたないうちに城門は破られ、敵兵が一気になだれ込んでくる。一列横隊で弓を構えていた簗田の兵たちは、いっせいに矢を放つ。敵兵は算を乱して逃げまどうが、すぐに立て直してこちらに向かってくる。

「それ、からめ手へ逃げ込め！」

簗田持助は采配をふるい、自らも馬を駆ってからめ手へ向かった。

上杉勢の先陣は山内上杉氏宿老の大石遠江守《とおとうみのかみ》の軍勢である。城門を破って古河城内になだれ込んだ兵たちのうしろから、大石遠江守は馬で続いた。城内はかなり広い。はるか前方に、逃げていく公方軍の兵が見えた。公方軍の主力としては数が少ないように見えたが、その中に甲冑《かっちゅう》に身をつつみ、かたわらに公方軍の旗をもった旗指を従えた騎馬武者が目に入った。あれが古河公方足利成氏に違いない。

（なんと凛々《りり》しいお姿か！　だが、からめ手の外には小山持政殿の兵が待ち構えておる。必ずやひっ捕らえて、京へ送られるであろう。今度こそ公方家は滅亡じゃ）

大石遠江守はすこしも嬉しくなかった。しかし、命令に従うことだけに集中し、公方軍を追いつめていった。

簗田持助の軍はからめ手の門をくぐり、堀にかかる橋を渡り、家々がまばらに点在する道に出た。敵兵の姿はまったくなく、手はず通り小山持政の軍は持ち場を離れて、どこかへ消えていた。簗田持助は兵をまとめると東へ向かい、夜を待って関宿城へ帰った。

からめ手まで公方軍を追っていった大石遠江守は門の手前で立ち止まり、外の様子をうかがった。あまりの静けさに不気味な感じがして物見の者を行かせたが、もどってきて人っ子ひとりいないという。

大石遠江守がいぶかしんで、ふと振り返ると、遠くに四足門を入ってくる小山持政の軍が見えた。馬上の小山持政はゆっくりと近づいてきて、大石遠江守に話しかけてきた。

「大石殿、公方様は捕らえましたかな」

大石遠江守は思わず耳を疑い、小さな目を丸くした。

「小山殿、そなたこそからめ手の門の外で待ち構えて、公方様を捕らえる手はずであったはずじゃが…」

小山持政は能面のような顔に皮肉な笑いを浮かべて、

「今、何と申された。拙者は大石殿のうしろから大石殿を助けよと言われておりましたが…」

大石遠江守は何が何だかわからず、口をあんぐりとあけて一言も発せなかった。大石は小山持政と直接話したわけではなかった。どこでどう話が食い違ってしまったのか。いずれにしても、公方足利成氏を取り逃がしたことだけは事実だ。だが、古河城はこうして手に入れた。それも激戦を覚悟していたが、ほぼ無傷というのは上々の首尾である。大石遠江守はそれで満足し、深く考えないことにした。


日は海の向こうの山かげに沈もうとしていた。海からは涼を呼ぶ風がそよそよと吹いてきた。内海のために打ち寄せる波は静かだ。江ノ島の浮かぶ鎌倉の海とはすこし違うが、足利成氏にとって久々に見る海であった。

成氏は馬の歩みを止めて、海に目をやった。

「やはり海は広うござりまするなあ」

いつの間にか隣にきた野田右馬介が海に視線を向けたまま、感慨深げに言った。

感傷にひたっていた成氏は我に返った。

「右馬介は鎌倉に行ったことはあるのか」

「はッ、二度ほど」

「さようか…」

右馬介は成氏の方に長い顔を向けた。

「殿、やはり鎌倉が恋しゅうござりまするか」

「ま、時おりではあるが、思い出すことはある。じゃが、古河もいい所じゃ。おだやかな川の眺めもだんだんいとしくなる」

「住めば都と申しますからな。その古河も追われてしまっては形無しですが」

右馬介の率直な物言いに、成氏は苦笑した。

「近いうちに必ず戻る。右馬介、そちにも働いてもらわねばなるまい」

「それはもう、お任せくだされ」

「日が暮れる。右馬介、急ぐぞ」

「はッ」

二人は馬の足を速めて、千葉館への道を急いだ。一色左馬助をはじめ、兵たちも後に続いた。

千葉館では、千葉輔胤、孝胤父子が成氏たちを快く迎えてくれた。輔胤たちは元々は庶家の馬加《まくわり》氏であったが、康正二年（一四五六）に宗家の千葉胤直《たねなお》が上杉方となったのに対し、馬加氏が古河公方方についたため戦になった。馬加氏は一時、劣勢に立たされたが、成氏が援軍を送ったことにより、千葉胤直を打ち破り、千葉館のある亥鼻《いのはな》城に入って宗家となったのである。それだけに足利成氏に対して恩義を感じていたのである。

亥鼻城は海からほど近い高台にあり、海の眺めはもちろん、晴れた日には富士山や筑波山の麗姿を見ることができた。千葉館は城内の一角にあり、名門の千葉氏にふさわしい立派な建築であった。

成氏に従って千葉館にやってきたのは、野田右馬介、一色左馬助、それに奉行衆《ぶぎょうしゅう》、公方家に仕える御雑色、御厩衆《おうまやしゅう》などであったが、一部は簗田持助の関宿城に残してくるなど、できるだけ人員をしぼってきたのだった。それでも手狭なので、城兵の一部を支城の臼井城に振り替えたり、元は宗家の重臣でありながら公方方についた原胤房《たねふさ》の小弓《おゆみ》城に分散させたりして収容した。

夜に入り、千葉館では成氏たちを歓迎する宴が催された。

上座の成氏には千葉輔胤、孝胤父子が自ら接待役を買って出ていた。

「上様、存分に召し上がられませ」

孝胤が成氏の盃に酒を注ぐ。

「いや、よくぞこの千葉館にお越しくださりました。この千葉輔胤、恐悦至極に存じまする」

輔胤は深々と頭を下げる。鼻筋が通り、立派な口ひげをたくわえているが、すでに酔っているのか目はすこしうつろだ。

「輔胤、堅苦しい話は抜きじゃ。わしは心底、ほっとしておる。しばらく世話になるが、よろしく頼む」

成氏も行軍の疲れが出たのか、いつになく酔いの回りが早いようだ。

「さ、上様、料理の方も召し上がられませ。なにぶん田舎でありますゆえ、お口に合いますかどうか」

息子の孝胤が気を遣う。口ひげはたくわえていないが、鼻筋が通り、眉の太いところは父親ゆずりであった。

「うむ、これは鯛の串焼きか、なつかしい。鎌倉ではよく食していたものよ。う、うまい」

成氏は端正な顔をほころばせる。

「上様に喜んでいただき、この輔胤、これ以上の名誉はござりませぬ」

輔胤は涙ぐんで、袖を目に当てている。

「輔胤、大げさだぞ、そちは泣き上戸《じょうご》であったか」

成氏は面白そうに笑い、輔胤も泣き笑いになった。孝胤も口元に笑みを浮かべながら、そんな二人をあたたかいまなざしで見守っていた。

座敷には、野田右馬介、一色左馬助のほか、二階堂成行《しげゆき》や町野成康《しげやす》など奉行衆の顔がそろった。千葉氏側からも原胤房などの重臣が数名、座に加わっていた。

野田右馬介は持ち前のざっくばらんな性格で早くも千葉勢とも打ち解けており、今も冗談をとばして重臣たちを笑わせていた。

「上様を古河城にお迎えした頃は、あばら屋同然での。ある時など、たぬきが上様のおそばに控えておったことがある」

「野田殿、またそのような戯言を。やめてくだされ、腹が痛い」

原胤房は腹をよじって笑っている。

「それで古河城の普請を拙者が任されたのじゃが、どこから手をつけていいやら、とんと見当がつかぬ。そんな大それた普請など、やったことがないからの。途方に暮れていると、当家に簗田持助というのがおって、陰気な男なのじゃが、頭はめっぽう切れる。持助が鎌倉から職人を呼んではどうかと言って、職人がどんどんやってきた。それで普請はとんとん拍子に進んで、めでたし、めでたしじゃ。ま、簗田と拙者は頭の良さではいい勝負じゃな」

右馬介が涼しい顔で言ったので、かたわらで聞いていた一色左馬助が、飲みかけていた酒にむせてしまった。

「左馬助、何がおかしい。そこで笑うとは無礼であろう」

右馬介は怒ったように言ったが、目は笑っている。一色左馬助がとがめられてあたふたする様子に、右馬介はこらえきれずに豪快な笑いを爆発させた。つられて、千葉氏の重臣たちも笑い、宴席はなごやかな空気につつまれた。そうして宴は深更まで及んだ。

それから三日後、成氏が千葉館に入ったという知らせが安房《あわ》白浜城の里見義実《よしざね》と上総真里谷《かずさまりやつ》城の武田信長にもたらされ、二人そろって千葉館にやってきた。

昼過ぎには膳が供され、六畳間に二人と足利成氏、千葉輔胤、孝胤父子の五人だけが集まった。

「このようなお近くで上様にお目にかかれるとは、正直言って嬉しい気持ちもいたしまする」

里見義実は気の強そうな目をうるませながら感慨深げであった。公方足利成氏の命を受け、長年にわたり期待に応えようと安房の平定に尽力してきて、こうして再会できて感極まったのであろう。上総を平定した武田信長も同じような思いだったらしく、しきりにうなずいている。

「しかし、くやしい」

成氏はぽつりと言って唇をかむ。

「それはそうでござりましょう。近いうちに、我らも合力して必ずや古河城を奪還いたしましょうぞ」

武田信長が力強く言い放つ。信長は丸顔で、目が小さく、鼻も低いが、貫禄があり、言葉に説得力がある。

「そう言えば、上杉との緒戦では、信長が総大将を務めたのであったの」

成氏は信長の顔を見て思い出したらしい。

「相模島河原合戦でございまするな。あの頃は我ら皆、若かったですな」

里見義実が日に焼けた顔をほころばせる。

「義実、いくつになった」

「もう、四十でござりまする」

「信長は」

「拙者は四十三で」

「さようか。皆、歳をとったのお。わしは三十八じゃ」

成氏はすこし寂しそうにつぶやくと、膳の肴《さかな》にはしをつけた。里見義実も武田信長も思い思いの感慨にしばしふけっていた。

しばらく静かに酒を飲み、肴をつまんでいたが、千葉輔胤が沈黙を破って口を開いた。

「反撃ののろしを上げるのは、年が改まってからになりましょうか。秋は収穫で民も忙しく、兵糧集めも刈り取りが終わらねばできますまい」

「それが良かろう。その時まで力を養うことじゃ」

成氏はそう言って、屈託のない表情になった。

里見義実と武田信長は、その日のうちにそれぞれの居城へ帰っていった。

そして何事もなく七日がたち、その間は雨もよいの日が続いたのだが、晴れ間がもどって三日目のこと、結城城にいっとき逃げていた公方成氏の御台所《みだいどころ》である伝心院殿をはじめ女房たちが、結城氏広の配下の者に付き添われて千葉館にやってきた。

その翌朝、成氏と伝心院殿は千葉館からほど近い浜辺をそぞろ歩いていた。御台様お付きのちゆ、御乳人《おちのひと》のみわ、その夫である高右京亮《こううきょうのすけ》、成氏の御供衆である高師久《こうもろひさ》が従っていた。みわは五歳になる鶴王丸を連れていた。

早朝の日差しはそれほど強くなく、海を渡ってくる風が心地よかった。

成氏は紺色の帷（かたびら）といわれる裏地のない麻の小袖、伝心院殿は同じく萌黄《もえぎ》の帷に身をつつんでいた。

「海は広うございまするな」

伝心院殿は目を細めて、海のかなたを見る。

「御台は海は初めてだったな」

「はい、何だか得した気分です」

伝心院殿は目を輝かせて、成氏に微笑みを向ける。

「はは、得した気分か。こんなことでもなければ古河を離れられぬからの」

成氏は伝心院殿をいとおしそうに見て、薄く笑う。伝心院殿は波打ち際まで行くとしゃがみ込んで、手を海の水にひたす。

「うわっ、塩っ辛い！」

伝心院殿は成氏の方を見て、顔をしかめてみせる。

「これ、海の水を飲んではいかん」

成氏は笑いながら、伝心院殿の様子を見ている。

「御台様、おすそがぬれまする」

お付きのちゆはそう言って伝心院殿のところに行き、いっしょに戻ってくる。

「では、われらはすこし向こうの方を見て参りまする」

御乳人のみわはちゆに目配せして、夫の高右京亮と御供衆の高師久を促し、伝心院殿に鶴王丸を預けると、成氏と伝心院殿を残して行ってしまった。

「親子水入らずというわけか。よく気の利く女御《おなご》じゃ」

「はい、それはもう、鶴王丸にもやさしくしてくれまする」

伝心院殿と手をつないでいた鶴王丸は空を見上げていた。

「父上、あの鳥はなに？」

成氏は、鶴王丸が指差した方角をまぶしそうに見上げながら、

「あ、あれか。あれは、とんびじゃ。空高く舞っているであろう」

「はい」

「よし、もっとよく見えるように父が肩車をしてやろう」

成氏はかがんで鶴王丸を肩車する。

「どうじゃ、鶴王丸。よく見えるか」

「はい、よく見えまする」

「海風にあたれば強くなるぞ」

「上様のように」

伝心院殿は成氏に寄り添う。

「さよう、わしのようにな」


それから半年が過ぎ、文明四年（一四七二）二月を迎えていた。梅の花はすでに散り、桜の花が咲くのを待つ季節となっていた。

足利成氏たちは上杉勢から古河城を奪還すべく着々と準備をすすめてきたが、ようやく準備が整いつつあった。今度は失敗は許されない。成氏は万全を期して公方方の勢力を総動員する

腹を固めていた。そのため、反撃の日が近いことを味方に知らせるべく、各地に使いを出した。奉公衆では関宿城の簗田持助、菖蒲城の金田則綱、騎西城の佐々木入道、有力諸侯では結城氏広、宇都宮正綱、那須資持であった。成氏は、小山持政にも使いを出した。

二日後、国府野又三は小山城下にいた。例によって立烏帽子に直垂《ひたたれ》、白い袴という陰陽師《おんみょうじ》になりすましている。五十子《いかっこ》陣で上杉方の動向を探ったときは、水色の直垂という派手な衣装だったが、あまりに目立ちすぎるというので、今回は茶色の直垂という地味な色に変えていた。それでも白い袴というのはかなり違和感があった。

国府野又三は城下で商いをしている者や道行く人々にいぶかしげな視線を送られながらも単身、祇園城の大手門近くまでやってきた。今回は作之介は連れてきていない。先の五十子陣の際にこりたからだ。足手まといになるだけだった。

又三は城の中をうかがうような素振りを見せ、わざと怪しい動きをした。すると、城門が開いて、兵数名が出てきた。そのうち二人は槍を構えている。いちばん年かさの武士が又三の前まで来て、又三の異形な姿をじろじろと見ている。そのうしろに兵二名が控え、槍を持った兵二名がすこし離れていつでも動ける体勢をとった。

「怪しいやつ、何者だ」

年かさの武士が又三を威嚇するようににらみつける。

「拙者は陰陽師の祖、安倍晴明の流れをくむ安倍晴暗と申す者、火急の用で参った。政所執事の間々田藤右衛門様にお取り次ぎ願いたい」

「きさまのようなどこの馬の骨ともわからぬ輩《やから》を間々田様にお取り次ぎなどできるわけがなかろう。即刻に立ち去れ。さもなくばひっ捕らえるぞ」

この男、融通の利かぬことこの上なく、よほどの石頭と見える。

又三はあきれ返ったが、そのことは表情には出さず平然としている。そして、年かさの武士に向かって一歩踏み出すと、穴のあくほど顔を見つめる。武士は気味が悪くなり、狼狽する。

「なんじゃ、なんじゃ。わしの顔に何かついておるか」

「むむッ、これはまずい。そなた、死相が出ておりまするぞ。ただ、それほど強くはあり申さぬ。何か功徳《くどく》をなさなければ、取り返しのつかぬことになりまするぞ。今がその時でござる。拙者の願いをお聞き届け下されば、死相も消えましょう」

最後は耳打ちするような小声になった。

「わ、わかった。そこで、待っておれ」

武士はあわてて大手門をもどっていった。

国府野又三は大手門を入って左わきにある建物の一室に通された。祇園城は西に思川が流れ、川が削り取った崖上の高台に位置していた。一刻（約三十分）ほど待たされてから、間々田藤右衛門が先ほどの武士を伴って現れた。間々田は又三の異形な恰好を見て一瞬驚いたようだったが、すぐに気を取り直して上座にすわった。

「そなた、陰陽師であるそうだが、わしに何用じゃ」

「ははッ、陰陽師は仮の姿。拙者、古河公方家に仕える国府野又三と申す者、主人成氏様より小山持政様へお知らせしたき儀あり。間々田様よりお取り次ぎ願いたい」

又三は平伏していた顔を上げる。

「なに、公方様よりの御使いか。あいにく主《あるじ》は古河城に出向いておる。国府野殿、拙者とともに古河城までお付き合い願えぬか。源助、馬の用意を」

そうして二人は小山から古河へ馬をとばした。

古河城には小山持政の軍の他に大石　遠江守《とおとうみのかみ》の軍も在城していたので、入るわけにはいかない。間々田藤右衛門は城下の小山家の屋敷に国府野又三を待たせておいた。

しばらくして間々田は小山持政を伴い、又三の前に現れた。

「国府野又三とやら、手短に頼む。大石殿に気取られるとまずい。先だってのことで、上杉顕《あき》定《さだ》様に疑われておるのじゃ」

「それでは申し上げます。これより五日後、われら公方方は古河城に総攻撃をかけまする。小山様にはこたびもお力添えいただきとうござる」

小山持政は顔をくもらせる。

「無理じゃ、寝返るわけにはいかぬ」

「その必要はございませぬ。手出しご無用とのことでございまする」

「手出し無用…」

小山持政はその意味をしばし考えていたようだが、やがて合点がいったらしく口を開いた。

「あいわかった。公方様にお伝え申せ。先般の逆をいってくだされと」

「ははッ」

国府野又三は馬をとばして一日で千葉館にもどり、成氏に報告した。成氏は黙って聞いていたが、顔には満足そうな表情が浮かんでいた。

翌朝、亥鼻城の門外には里見義実の軍が五百、武田信長軍四百、千葉孝胤軍二百、それに奉公衆の野田右馬介、一色左馬助の軍が勢揃いした。そこへ足利成氏が姿を現し、用意された馬にまたがった。

孝胤の父輔胤が門の外で成氏にあいさつした。

「上様、ご武運をお祈り致しております る」

「おお、輔胤、世話になった。また、どこぞで会おう」

里見義実と武田信長が成氏のかたわらに来た。

「まさか、上様と再び戦に出ようとは思ってもみませんでした。いやあ、腕が鳴りまする」

里見義実は満面の笑みを浮かべている。そこへいくと武田信長は落ち着いている。

成氏が下知をとばす。

「信長、先陣を務めよ」

「いや、上様、こたびは里見殿にゆずりとう存ずる」

武田信長はうつむき加減にこたえる。このところ里見の勢いが増しているようだ。

「わかった、義実、そちが先陣じゃ」

「ははッ」

里見義実は晴れやかな顔で、先陣を務めるべく隊の先頭に出た。

「一同、出陣じゃ！」

ときの声とともに成氏軍は進軍を開始した。軍勢は流山に一泊したのち、翌日の夕方には関宿城に達した。

関宿城で陣容を整え、里見、武田、千葉の軍勢一千百は幸手城へ向かった。公方方の攻撃が近いことを聞いた城兵はすでに逃げ去り、幸手城はもぬけの殻だった。つづいて栗橋城へ向かい全軍で取り囲むと、里見軍が城門を破壊し一気になだれ込んで決着をつけた。こうして幸手城と栗橋城は難なく取り返すことができた。

成氏本隊は関宿城で簗田勢を加え、古河城へ向かった。古河城手前で結城氏広、宇都宮正綱、那須資持の軍が合流し、総勢二千の大軍にふくれ上がった。

公方軍は古河城を包囲した。

その前日、古河城では小山持政と大石遠江守が協議していた。

「このまま敵方に包囲されれば、籠城して味方の援軍を待つしかありますまい」

大石遠江守は腕組みをして宙を見つめる。

「いいや、籠城は避けた方がよろしかろう。意外にこの城は守りにくうござる。拙者に考えがあり申す。大石殿、まかせて頂けますかな」

小山持政は表情ひとつ変えずに静かに言う。

「で、どのような策を」

「それは今は申し上げられませぬが、必ず古河城を脱出できることは請け合い申す」

「わかり申した。小山殿にお任せ申す。ところで、城下の商人や民たちを城に入れたのには何か訳がおありか」

大石遠江守は食い下がる。

「ま、策のひとつとだけ申しておきましょう」

小山持政は口元をゆるめる。この男にとっては、それが笑ったことになるのだ。

そして今、古河城は完全に包囲された。大石遠江守は、この状態から城を脱出できるとは、とても信じられなかった。小山持政を見ると、能面のような表情をまったく変えず落ち着き払っている。

持政はふいに立ち上がると、

「では、そろそろ取りかかりますかな。大石殿、兵たちをからめ手の門の前に集められよ。そして、大手門で騒ぎが起こり次第、からめ手の門より一気に外へ出られませ。後はわが祇園城めがけてひたすら走りなされ。さあ、下知を」

「仰せつかまつった」

大石遠江守はあわてて立ち上がると、兵たちに下知すべく表に出ていった。

小山持政は配下の者に、「申し合わせた通りのことを致せ」と命じた。

大手門の外では、成氏と簗田持助の兵が遠巻きに門を見張っていた。

「そろそろでござりましょうか」

「うむ、国久、からめ手の結城氏広に伝えよ。手はず通り、兵を動かせと」

成氏は河連国久に命じた。

「はッ」

河連国久は片ひざをついて一礼すると、馬にまたがりからめ手の方に駆けていった。

それから四半時（約三十分）が過ぎた頃、大手門の内側が騒がしくなったと思うと、城門が開き甲冑姿の一団が飛び出してきた。

「待て、討ってはならぬ！」

簗田持助は大声で、出てきた一団に切りかかろうとする兵たちを制した。

「公方様、討たないでくださいまし」

「どうか、お助けを！　われら城下の者でござります る」

出てきた甲冑姿の者たちは口々に叫び、平伏したり、ひざまずいたりしている。どうやら甲冑を着せられて、おとりに使われた商人や民たちのようである。

「わかっておる、安心せよ。皆、苦労をかけた。これからはまた心安らかに生業《なりわい》ができるぞ」

成氏は嬉しそうに商人や民たちを励ました。

「公方様、お帰りなさいまし」

「今日はめでたき日じゃ。公方様がお戻りになられた」

最後は民たちの歓声となった。成氏は何度もうなずいていたが、感極まってことばは出てこなかった。兵たちの顔も皆、喜びにあふれていた。

大手門の方で戦とは思えない歓声が上がる中、大石遠江守は興味を引かれながらも、この機を逃しては助からないと思い、からめ手の門を開き、大急ぎで堀にかかる橋を渡った。家がまばらに点在する道に出たが、城を包囲しているはずの敵は一兵も見当たらない。大手門の方へ駆けつけたのだろうか。小山持政に言われた通り、祇園城へ向かった。もう追っ手も来るまいというところまでたどりつくと、大石遠江守にも考える余裕が生まれた。

どうも、おかしい。最初から仕組まれたように、うまくいきすぎている。そういえば古河城を陥落させた時も、足利成氏はからめ手から逃げ、外にいるべき兵はいなかった。その時も今回も小山持政が関わっていた。大石遠江守は考えれば考えるほど、訳がわからなくなった。いずれにしても絶体絶命の窮地を脱することができたのは、小山持政のおかげであった。大石遠江守はそれ以上せんさくするのをやめ、祇園城への道を急いだ。

古河城を回復した公方方は、五月になるとさらに攻勢を強め、上杉方から新田《にった》荘、足利荘を取り戻した。その頃、太田持資《もちすけ》は出家し、名を道灌《どうかん》と改めた。そして、上杉内部では対立の火種がくすぶり始めていた。

第三章　厭戦

1

古河公方《こがくぼう》方の快進撃は、その後もとどまるところを知らず、文明五年（一四七三）十一月二十四日には、上杉方の本拠地である五十子《いかっこ》陣を攻撃した。これにより扇谷《おうぎがやつ》上杉家当主の政真《まささね》が戦死するなど、上杉方は大打撃をこうむった。二十四歳の政真には子がなく、重臣たちで協議した結果、政真の叔父にあたる定正《さだまさ》を立てることにした。定正は二十八歳、先の当主であった持朝《もちとも》の三男である。

それにしても上杉方ではこのところ当主の死が続いている。六年前、扇谷上杉の持朝が病死したのは天寿を全うしたといえるが、享徳《きょうとく》の乱の初期に早くも持朝の嫡子顕房《あきふさ》が戦死、その後も山内《やまのうち》上杉の房顕《ふさあき》が若くして五十子陣で病死している。そしてこのたびの政真の戦死である。そもそも大将が戦死するというのは余程のことであり、相当の苦戦の場合だけであろう。戦いの後も上杉氏自体は安泰なのであるから、大将を何としても守ろうという気概が欠如していると言わざるを得ない。直接の家臣でない国人《こくじん》の寄り合い所帯のような上杉氏の特性が、大将の死というかたちに表れているようである。

古河公方方の攻撃を受け、かなりの損害をこうむった五十子陣ではあったが、元々が急ごしらえの陣であったので、修復されるのも意外に早かった。

　年の暮れ近くのその日は、風もなく暖かかった。

　長尾景春《かげはる》は弓のけいこに余念がなかった。片肌ぬいだ姿で矢をつがえ弓を引き絞る。眼光鋭い目は的の中心一点に注がれている。空気が張りつめた静寂の中で放たれた矢は、十間（約十八メートル）先のけやきの幹にくくりつけられた的の中心近くに鈍い音を立てて突き刺さる。景春はふっと息をはいて、また同じ動作に移ろうとする。

　その時、縁《えん》を足早に歩いてくる音がして、中間《ちゅうげん》の者が姿を現した。中間の者は庭にいる景春に気づくと、縁から庭に降りて片ひざをついて報告する。

「申し上げます。先ほど上杉顕定《あきさだ》様より、家宰《かさい》職についてお達しがありました」

「うむ」

　景春はやっと来たかと思う。父景信《かげのぶ》が亡くなって十日が過ぎた今日、家宰職就任の知らせが届いたのだ。景春は新しい矢をつがえ弓を引き絞った。

「次の家宰は、忠景《ただかげ》様に決まりましたそうでございます」

「なに、叔父上に」

　放たれた矢は大きく的をはずし、けやきの幹のかなり上の方に突き刺さった。景春自身、それほど家宰職に執着していたつもりはなかった。だが、祖父の景仲《かげなか》、父景信と続き、次は自分だという思いがあったのは当然と言えた。景春のみならず、誰しも家宰は白井長尾氏がなるものと信じて疑わなかったのである。それだけに心の動揺は隠せず、手元に狂いが生じたのであった。

景春は弓を下ろすと、すぐにやわらいだ顔になった。濃い眉毛とわし鼻、固く結ばれたやや大きめの口は精悍そのものであり、長身でがっしりした体は、武士の理想像ともいえる凛々《りり》しい姿であった。

景春は縁に腰かけ、手ぬぐいで体の汗をぬぐった。

「叔父上ならば家宰職に不足はあるまい。信三郎、大儀であった」

中間の信三郎は一礼すると立ち去った。

景春が足を洗って着替えをすませて広間に入ると、配下の大石憲仲《のりなか》、毛呂《もろ》三河守《みかわのかみ》が待っていた。急ごしらえの小屋のために、広間といえども板張りで質素そのものであった。

景春は二人の前に置かれた丸ござの上にあぐらをかいた。平伏していた二人は待ちかねたように顔を上げた。

大石憲仲が勢い込んで言った。

「景春殿、家宰の件、お聞きになりましたでしょうか」

「うむ、聞いた。顕定様の決めたことじゃ、仕方あるまい」

大石憲仲はひとひざ乗り出す。

「何をのん気なことを言っておられるのか！　景春殿が家宰になれないということは、我らにとっても由々しきことでありまするぞ」

毛呂三河守がたたみかける。

「皆、憤慨しておりまする。このような仕打ち、黙って見過ごすわけには参りませぬ」

家宰職といえば、当主に次ぐ権力者であり、絶大な利権もついてくるのだ。一家の家来衆のみならず、協力関係にある国人たちに至るまで恩恵にあずかれるのである。それがいっさい失われるとなれば、彼らにとっては死活問題なのである。

景春は自分が家宰職に就けなかったことが、自分だけの問題ではなく、一族郎党、そして友軍の者たちすべてに関わる大問題であることを悟った。叔父の忠景には何の恨みもないが、このまま黙っているわけにはいかないのだと思った。

「わかった。顕定様に直にかけあってみるゆえ、ここはわしに任せてくれまいか」

大石憲仲と毛呂三河守は顔を見合わせると、明るい表情で景春を見た。

「それでこそ、お館《やかた》様じゃ。よろしゅうお願い申し上げまする」

二人は一礼すると部屋を出ていった。

それから半時ほどのち、景春は山内上杉顕定の屋敷にいた。しばし控の間で待たされ、取り次ぎの者に案内されて顕定のいる部屋に通された。顕定は碁盤を前に一人で碁を打っていた。

顕定はまだ十九歳で、景春よりも十歳も年下であった。

「長尾景春、参上いたしました。火急にお目通り頂き、かたじけのうござります」

景春は平伏して言上する。顕定は碁盤から目を上げない。

「何用じゃ、景春」

顕定は面倒くさそうに言う。

「はッ、こたびの家宰決定の件でござりまするが、私めはさほど家宰に執着があるわけではござりませぬ。なれど、一門の者ども、わが白井長尾家が二代にわたり受け継いできた家宰の地位が、なにゆえ惣社《そうじゃ》長尾家に移ってしまうのか、納得がいかぬと申しております。よって、お館様より説明いただきたく参上した次第」

景春が言い終わっても、顕定は何も言わなかった。ただ碁盤を見つめて考え込んでいるだけである。

しばしの時が流れ、やがてパチリと碁石を盤に打ちつける音が響いて、顕定は沈黙を破った。

「くどいぞ、景春。もう決めたことだ。それとも、わしの決めたことに従えぬというのか」

盤から顔を上げた顕定は細い目で景春を見た。そこには不信の色が漂っていた。

「めっそうもござりませぬ。ただ、私は…」

景春はあわてて頭を下げる。

「ならば、いいのだな」

顕定は念を押すように景春を見つめる。わずかな疑いさえ見つけてしまうような鋭い視線であった。

「ま、悪いようにはせぬ。安心いたせ」

顕定はそう言うと、再び碁盤に目を移した。

長尾景春としては、とても納得できる返答ではなかったが、これ以上の回答は得られないと思われ、引き下がらざるを得なかった。景春は平伏すると、立ち上がろうとした。

「これは、まずい」

顕定の声がして、景春は動きを止めた。

「どこでどう手を間違えたものか」

顕定は薄い唇をゆがめて、景春をにらんだ。まるで、手を間違えたのは景春のせいだと言わんばかりに、目には非難の色がこもっていた。

さすがに景春の胸には怒りがこみ上げてきたが、これ以上この場にとどまれば怒りが爆発してしまいかねないと思い、景春は足早に座敷を辞去した。

顕定は去っていく景春の背を目で追いながら、こう思った。

（わかるまい、景春。おぬしには、わしの気持ちなど）

上杉顕定は、父や妻、子にも恵まれ、生まれ育った土地でつつがなく暮らしている景春が憎かったのだ。何と自分の境遇と違うことか。顕定はわずか十二歳で父母や兄弟と引き離され、生まれ故郷の越後から遠く見知らぬ関東の地に連れてこられた。越後上杉家の次男坊でありながら、山内上杉家の当主という誰もが羨む地位を手に入れたとはいえ、まだ父母の愛が恋しい年頃で、見知らぬ土地と環境の中に放り出されたという思いが強かった。よく父を憎んだものだ。だが、その裏で兄から離れられたのは正直ほっとする気持ちもあった。何事にも世継ぎである兄優先で、顕定はそのたびに我慢を強いられた。また、兄のしでかしたいたずらの濡れ衣を着せられたのはしょっちゅうだった。人を信じない性格は、その時生まれたと思われる。景春への憎しみは、兄への憎しみの代償と言えなくもなかった。おのずと顕定は一人でできる碁にいつしか没頭するようになった。沈思黙考型で策をろうするのを得意としたのは碁の影響である。

今回の家宰職の件にしても、ただ景春への憎しみだけで決めたわけではない。人を信じない顕定は、景仲、景信と家宰が二代続いた白井長尾氏の力が強大になるのを恐れたのだ。家宰は当主に次ぐ地位であるため、絶大な権力をもっている。当主に代わって軍勢の大将を務めたり、諸税の徴収、他家との交渉を行うなど、その役割は多岐にわたっている。それだけ富と権力が集中するわけだ。家宰職を外されることに、白井長尾氏の一門がこぞって異を唱えるのは道理であった。そして、長尾景春は頭領としての器の大きさがあるだけに、顕定にとっては危険な存在に見えた。そこへいくと長尾忠景は、額に寄ったしわと小さな目、あぐらをかいた鼻がいかにも田舎侍といった風貌の実直で素朴な武将であった。家宰職をたまわった時など、泣いて顕定に忠誠を誓ったほどである。

顕定は碁石のように部下を扱い、自分の意のままに動かすことに快感をおぼえた。だが、その考えには大きな誤算があった。そもそも人は碁石のように無感情ではなく、ましてや自分が捨て石のように扱われれば反発するのは当然であった。

そして、長尾景春の乱は起こるべくして起こった。

長尾景春が、上杉顕定の決定を不服として反抗の意思を示したのに対し、それに同調した者は二、三千にのぼった。景春は武蔵や相模から五十子につながる道を封鎖する手段に出た。

景春謀反の知らせを受けた太田道灌《どうかん》は、五十子陣へ参陣すべく兵を率いて江戸城を出立した。太田持資は文明三年（一四七一）に出家し、名を道灌と改めた。三十九歳の時である。

太田道灌は江戸城をたって二日後の夕刻、扇谷上杉家宿老の上田上野介《こうづけのすけ》が陣を張る小河《おがわ》（現・埼玉県小川町）に到着した。

道灌は上田上野介への挨拶を済ませると、上田上野介が用意してくれた小屋に一人こもった。

ぼんやりとした明かりの下で、道灌は地図を広げて明日の行動を検討した。行軍や戦のある前夜は、こうして一人で作戦を練るのが習慣になっている。長尾景春がいるのは荒川を渡ったあたりか。できれば遭遇せずに五十子まで進みたいところだ。景春は道灌の妻の甥《おい》である。道灌にとっても血はつながっていないとはいえ、甥であることに変わりはない。なるべく争いは避けたかった。

その時、小屋の外に人の気配がして、道灌はかたわらの刀に手を伸ばした。

「申し上げます。長尾景春殿がお見えになりました。いかがいたしましょうか」

どうやら中間の者のようだ。

「何、景春が…。かまわぬ、通せ」

「かしこまりました」

中間の者が立ち去ろうとするのを、

「あ、待て。酒をもって参れ」

道灌は地図をしまうと、剃髪した頭に手をやり後頭部をぽんとたたいた。直接、乗り込んでくるとは大胆な奴、道灌は意表をついた景春の行動に苦笑を禁じ得なかった。

しばらくして景春が長身をかがめるようにして小屋に入ってきて、道灌の前にあぐらをかいた。

「叔父殿、しばらくでござりまする」

「景春、そくさいであったか」

道灌は口元をゆるめたが、力のある目は景春を注視していた。

「まあ、飲め。今宵は語ろうぞ」

道灌は瓶子《へいし》を手に取り、景春に酒をすすめる。景春は土器《かわらけ》で酒を受け、一気に飲み干す。

「ああ、うまい。叔父殿も」

景春が返杯する。ひと通り世間話をした後、景春が本題の話を切り出す。

「叔父殿、拙者は腹を決めました。五十子陣で顕定様と兄上である定昌様を討ち果たす所存でござりまする。よって、叔父上には五十子陣へは参陣なきようお願い申し上げる次第でござりまする」

太田道灌は黙って聞いていた。きりりと上がり気味の眉はぴくりとも動かず、すこししゃくれたあごに手をやっていた。

「早まるでない、景春。ここはもすこし辛抱してはどうだ」

「しかし配下の者が承知いたしませぬ。ここまで来て、後には引けませぬ」

「しばし待ってくれまいか。わしが何とかする。悪いようにはせぬ」

景春は口を真一文字に結んだまま、うなずいた。

景春は道灌を本当の叔父のように慕っていた。そして、尊敬もしていた。道灌はさまざまな兵法を身につけ、それを実戦に生かし斬新な戦法を編み出している。さらに、和歌にも通じ風流を解する心を持っている。そんな武士の鑑《かがみ》のような存在である道灌にはとても逆らえなかった。

道灌は景春の肩に手を置いた。景春はどうにもならない感情が湧き上がってきて、肩を小刻みにふるわせていた。その後、二人は静かに酒を酌み交わした。夜遅くになって景春は自陣へ帰っていった。

翌朝早く、道灌は兵を率いて小河の陣を出立した。途中、荒川を渡り、五十子陣に到着したのは夕刻前であった。冬は日が落ちるのが早い。あたりが薄暗くなりつつある中、道灌は扇谷上杉家当主の定正を訪ねた。部屋で待っていると、上杉定正は待ちかねていたかのように、すぐに姿を現した。

「景春に会ったそうじゃな。で、どんな様子であった」

定正は上座に腰を下ろすと同時に勢い込んで道灌にたずねた。普段はどちらかというと、おっとりしている定正だったが、この日はすこし動揺している様子であった。景春の不穏な動きは、上杉方の間では知らぬ者がいないほど顕著になっていた。その動向が気になるのは定正も同様であった。

「はい、かなり思いつめた様子でございました。何とか思いとどまるよう説き伏せました」

道灌は落ち着き払った態度で言上する。

「それはご苦労であった。しばらくは大丈夫なのだな」

定正はほっとしたようにいつもの柔和な表情にもどった。当主になったばかりで難題に直面するのは心もとなかったのだ。

「そう簡単ではございませぬ。景春が思いとどまっても配下の者たちが納得いたしますまい。何か手を打たなければなりませぬ」

「で、何かいい手はあるのか」

「はい、忠景殿が兼帯しております武蔵守護代《しゅごだい》の職を景春にお譲り頂いてはどうかと」

「忠景が納得するだろうか」

定正の顔に不安そうな影がよぎる。

「元々、家宰と守護代は別々の職であるはず。そこの道理を説けば、忠景殿といえども納得されるのでは。お館様からお話しいただければ、なおよろしいかと」

道灌は定正をおだてるような言い方をした。実際、他家の家宰である自分がしゃしゃり出れば、山内上杉顕定や長尾忠景の反発を招くだけだと考えたからである。

上杉定正は、道灌から当主としての地位を改めて認められた気がして満更でもない様子であった。定正は二十七歳、道灌は四十一歳、しかも相手は数々の修羅場をくぐり抜けてきた百戦錬磨の強者《つわもの》である。それに対して定正は持朝の三男として生まれ、幼少の頃から当主になる見込みはなかったので、英才教育を受けることなくのんびりと育った。長兄の顕房が早くに死んでからも、扇谷上杉家当主の座は顕房の子である政真に引き継がれた。このたび、その政真が公方方の攻撃によって戦死するとは誰が予想したであろうか。そして、政真に子も兄弟もなかったために、叔父にあたる定正にお鉢が回ってこようとは本人がいちばん驚いたのだった。それゆえ定正には当主としてやっていく自信がまるでなく、年齢もひと回り以上も上で経験豊富な家宰の太田道灌に頼るしかなかったのだ。その道灌から要請されれば、定正としても「やってやろう」という気持ちになるのも当然であるといえよう。

「左様に思うか。ならば、わしから話してみよう」

「ははッ、お願い申し上げまする」

道灌は深々と一礼して部屋を辞去した。定正が二つ返事で引き受けてくれて、道灌は胸をなでおろした。他人を疑わない素直なところは定正の取り柄であった。だが、その単純さが後に重大な危機を招くことになるとは、道灌といえども予想できなかったのである。

翌日、定正は山内上杉氏の館を訪れ、当主の顕定と家宰の長尾忠景が顔をそろえた席で、道灌から提案のあった忠景が兼職している武蔵守護代を景春に譲ってはどうかという懐柔策を披露した。しかし、二人には危機感がまるでなかった。忠景からは一笑に付されてしまった。甥の景春は幼少の頃より素直で聞き分けのよい子であったから、無謀なことなどするはずがないというのである。顕定に至っては、道灌が景春をそそのかしたぐらいに思っているらしかった。疑ぐり深い顕定らしい考え方であったが、道灌にしてみれば、とんだ濡れ衣である。定正に対してさえ、関東管領《かんれい》の山内上杉に指図するとは何事だと言ってたしなめたという。定正はそれ以上の説得をあきらめざるを得なかった。

後に道灌は定正からそうした話を聞かされて、あきれて物が言えなかった。それで江戸城に帰ってしまったので、景春との約束も果たせなくなった。景春もその辺の事情は知る由もなく、道灌の一連の行動に不信感をいだいたようであった。顕定の話には尾ひれがついて、道灌が謀反を企てているという〝雑説《ぞうせつ》〟までが人々の口にのぼるようになった。

2

年の暮れも押しつまったある日、古河公方《こがくぼう》の本拠地である古河城では、重臣たちを集めた評定が行われていた。

古河城帰還を果たした足利成氏《あしかがしげうじ》は、その勢いのまま新田荘、足利荘を取り返した。そして、半月ほど前には上杉方の拠点である五十子陣を攻撃し、扇谷《おうぎがやつ》上杉家当主の政真《まさざね》を討ち取る戦果を挙げていた。今が上杉勢に壊滅的な打撃を与える千載一遇の機会であることは間違いない。さらに攻勢を強めるべきだという考えで皆は一致していた。

足利成氏を上座に、その両脇には御供衆が控えていた。成氏から見て左側に手前から簗田《やなだ》持助、佐々木入道、金田則綱、一色左馬助が居並んだ。右側には野田右馬介《うまのすけ》、政所《まんどころ》執事の町野成康《しげやす》、政所代《だい》の安西成胤《しげたね》が座を占めていた。

足利成氏は重臣たちを前に賛同を求めた。

「これより上杉討伐に向かうことに異論はあるまい。では、細かな点を確認しておきたいと思う」

野田右馬介が口を開く。

「兵糧は足りておろうの、町野殿」

右馬介にしてはよそよそしい態度で政所執事の町野成康に問いかける。同年代だが、町野成康の方がどう見ても年上に思えるので、どうしても他人行儀になってしまうのだ。

「そのことですが、兵糧はまったく足りませぬ。先の五十子攻めで使い果たしました」

町野成康は何ら臆することなく、胸を張って言い切った。四角張った顔つきで、いかにも頑固一徹な町野は、こうなると取りつく島がない。公方家の財政を一手に引き受けている政所であり、その筆頭である執事の言うことには、公方といえども簡単には異を唱えることができない。

「そこを何とかならぬのか、成康」

成氏は懇願するような口調になる。

「何とかするのが、政所の役目であろうが」

金田則綱が町野成康をにらみつける。まさに、なだめたりすかしたりである。

「ないものは、どうにもなりませぬ」

町野成康は微塵も態度を変えようとしなかった。野田右馬介は腕組みをして天をあおぐ。金田則綱は相変わらず町野成康をにらみつけてはいるが、歯ぎしりするだけで何も言うことができない。兵糧がなければ戦いたくても戦えないのは、誰しも身にしみてわかっているのである。知恵者の簗田持助といえども今回ばかりはお手上げであった。佐々木入道は悟りきったように薄笑いを浮かべている。その中で、若い一色左馬助はいまひとつ未練があると見えて、皆の顔をちらちらとのぞき込んでいる。それに気づいたのか、町野成康は隣にいる政所代の安西成胤を促した。

「申し上げます。ただ今、蔵の中には皆様方や公方家家臣、御中居《おなかい》たちが今後一年近くを暮らしていくだけの兵糧の蓄えはございます。ただし、戦となれば兵の分まで用立てなくてはなりませぬ。とても足りませせぬ」

実直でおとなしげな安西成胤のことばは妙に真実味が感じられた。一色左馬助も納得せざるを得ず、うなだれて下を向いた。しばらく、誰もことばを発しようとしなかった。

「それでも、何か手はないものかのお」

成氏はあきらめ切れない様子で、沈黙を破った。

「それでもと言われれば、民や商人から出させるしかありますまい」

町野成康は成氏を見てきっぱりと言う。

「それは…、無理じゃ」

成氏はつぶやくように言う。成氏が古河城に帰還した時の民たちの歓迎ぶりを思い起こせば、民を苦しめるようなことはとてもできなかった。

「これで万策尽きましたな」

佐々木入道が、成氏の迷いを断ち切るかのようにとどめを刺す。

「わかった。上杉攻めは明くる年の秋までお預けじゃ」

みんな拍子抜けしたように肩を落とす。

しばらくして、静けさを破って縁《えん》を歩いてくる足音がし、障子の外で止まった。

「申し上げます。成田様の使者がお見えになりました」

奏者《そうじゃ》の二階堂成行《しげゆき》が障子を開けて中に入り申し述べた。成田氏は公方方の最前線である騎西《きさい》城よりさらに上杉方に近い忍《おし》城を拠点として、近年めきめき頭角を現し公方方に付いた国人《こくじん》であった。

「よし、通せ」

野田右馬介が声をかける。

成田氏の使者は末席に控える。使者は成氏に向かって平伏してから、懐から書状を取り出すと、御供衆の高師久《こうもろひさ》に手渡す。高師久は中腰のまま成氏のそばまで進むと、片ひざをついて書状を差し出す。

成氏は書状を広げて目を通す。

「む、これは天が我らに味方したようじゃ。長尾景春《かげはる》に不穏な動きがあるらしい。上杉の中で内輪もめが起こったようじゃ」

成氏は書状を簗田持助に手渡す。持助は書状を読みながら、

「景春とて二代続いた家宰《かさい》職を手放すとなれば、おだやかではありますまい」

「上杉顕定《あきさだ》、人の心がわからぬと見える」

成氏は苦々しげに口元をゆがめる。

「ま、渡りに舟とはこのことですな。どうせ我らとて手出しはできぬのですから」

佐々木入道が剃髪した頭を手でたたきながら言う。

「よし、ここは高みの見物といこうぞ」

成氏が力強く宣言する。

「そうなれば、久々に宴でも開きましょうぞ。上様、よろしいでしょうな」

野田右馬介が上機嫌で言う。

「ああ、かまわぬ」

「さあ、何をしておる。師久、酒の用意じゃ、早くしろ」

右馬介が御供衆をせかす。御供衆はあわてて部屋を出ていき、評定に列席していた者たちはにぎやかに笑いあった。


上杉方の内部対立が激しさを増す中、足利成氏が静観を決め込むことにしたため、古河公方方には平穏な日々が訪れた。

とりわけ寒かった冬が過ぎると、暖かい陽気に誘われて人々の心は浮き立ち、どこかへ出かけてみたくなるのが人の常である。

伝心院殿もこの機会に、上州の茂林寺《もりんじ》へ法話を聞きに行こうと思い立った。夫の成氏にその願いを申し出ると、「まあ、よかろう」という承諾を得て、さっそく出かけることにしたのである。

茂林寺は館林の近郊にあり、古河からは五里（約二十キロメートル）ほどの距離にある。山号を青竜山と号し、応永三十三年（一四二六）の開山というから、約五十年前ということになる。渡良瀬川に注ぐ谷田川《やた》が茂林寺の近くを流れているので、舟で遡《さかのぼ》れば十分に日帰りで行ってくることができる。

その日はおだやかに晴れて、風もなく、出かけるには申し分のない天候に恵まれた。東の空に太陽が昇り始めてまもなく、伝心院殿は古河城下の河港から舟に乗り、渡良瀬川をさかのぼった。意外に流れは速く、船頭は必死に棹を操っている。同行するのは、伝心院殿お付きのちゆ、小間使いの十五歳の〝のの〟、護衛役として御雑色《おぞうしき》の河連国久、簗田持助の中間《ちゅうげん》である久能の四人であった。

「渡良瀬川は、下野国《しもつけのくに》足尾山中に源を発し、上様のご先祖ゆかりの足利荘を流れ、古河に至る川でござります」

物知りの久能がさっそく知識を披露する。この男の場合、得意ぶったところがなく、知識が自然に出てくる感じなので嫌味がない。伝心院殿をはじめ、皆感心して聞き入っている。

やがて舟は谷田川に入ると、ゆったりとした流れになった。船頭もほっとした様子で額の汗をぬぐう。川幅三間（約五・四メートル）ほどの小さな川を、茂林寺までほぼ真東にさかのぼる。単調な景色の中を舟は水面をすべるように進み、船中の人々が船旅にそろそろ飽きてきた頃、舟は目的地に到着した。船頭が舟を小さな河岸《かし》につけると、一同は上陸した。

家々が点在する農村風景の中を四半時（約三十分）ほど歩き、街道を左に曲がるとふいに茶店が二軒、真向かいに建っているのに出くわした。あまりに唐突な茶店の出現が、伝心院殿にも意外だったと見え、すぐうしろにいるちゆに話しかけた。

「まあ、こんなところに茶店があるなんて」

話しかけられたちゆは、やさしそうな目を細めてうなずいた。

茶店の前を通り過ぎると、すぐ左に山門が現れる。山門を入り参道を行くと立派な中門があり、さらに奥に本堂があった。いずれも茅葺《かやぶ》き屋根で、大きな寺にしては質素な印象であった。本堂の右前には創建の時に植えられたという羅漢槙《らかんまき》の木が青々とした葉を茂らせていた。

寺の小僧に案内されて、伝心院殿たちは本堂に足を踏み入れた。御本尊を前にして、板の間には三、四十人分の丸ござが置かれていた。法話が始まるまでだいぶ時間があるので他には誰も来ておらず、伝心院殿たちは中ほどに腰をおろした。伝心院殿を真ん中に右にちゆ、左にののがすわり、河連国久と久能はそのうしろにすわった。すぐに、河連国久と久能は厠《かわや》へ行くと言って席を立った。伝心院殿とちゆは御本尊を見ながら何やら話していたが、ののは物珍しいのかきょろきょろとあちこち見回していた。

伝心院殿はふいに左の袖を引かれたので、ののを見ると、ののは御本尊の左下の方を指差しながら、驚きの表情を浮かべて大きな目を丸くしている。伝心院殿は、ののが指差したあたりを目をこらして見た。そのあたりは、ろうそくの明かりも届かず薄暗かった。ふいに、二つの目がきらりと光ったのが見えた。

「ひぇッ、たぬき…」

伝心院殿は驚いて声を発し、思わずちゆの肩にすがりついた。ちゆははっとして、

「ど、どこでございますか」

と言いながら、今度は伝心院殿が指差した方を見た。だが、たぬきと思ったものは、すでに消えていた。

「ほんとうにいたのでございますか」

ちゆは半信半疑で伝心院殿に問いかけた。

「ねえ、のの、たしかにたぬきでしたよね」

「はい、御台様《みだいさま》」

三人がそんな会話をかわしていると、河連国久たちがもどってきた。伝心院殿がたぬきを見た話をしたが、河連国久は「ほう、たぬきが」と言っただけでまるで信じていない様子であり、久能に至ってはにやにや笑っているだけであった。伝心院殿は気を悪くしたとみえて黙ってし

まい、勝ち気そうな目をまっすぐ御本尊に向けていた。

やがて廊下に足音がして、立派な袈裟《けさ》をまとった住職とおぼしき僧が姿を現した。

「これはこれは、公方様の御台様、よくぞお越し下さりました」

伝心院殿は自分は名乗っていないのに、なぜわかったのだろうと怪訝《けげん》な顔で僧を見た。

「はっ、はっ、拙僧ほどにもなれば、そのくらいのことはすぐわかります」

「さすが、茂林寺の住職様、おそれいりました」

伝心院殿は軽く頭を下げる。

「いや、実は公方様より昨日お使いが見えましてな。御台様がお越しになるのでよしなにと」

「まあ、ご住職様、お人の悪い」

「これは失礼つかまつった。おい、才念、精進《しょうじん》落としの用意を致しておくよう、守鶴《しゅかく》に伝えよ」

住職は奥に向かって指図を出した。

才念と呼ばれた小僧は、廊下を小走りにやってくると正座してから、両手をついて言った。

「ご住職様、守鶴和尚の姿が見えませぬ。方々、探したのですが…」

「とにかく、姿を見たら伝えよ」

「はい」

小僧は再び小走りで守鶴和尚を探しにいった。

「では、いましばらくお待ちを」

住職も軽く会釈をして廊下を戻っていった。

そのうち三々五々人が集まってきて、ほぼ満座になるほどの盛況となった。ほとんどが武家の妻女とその連れとおぼしき人々だったが、中には身ぎれいにはしているが質素な身なりの者も混じっていた。

住職とそのうしろに従う何となくみすぼらしい僧が姿を現すと、人々はしんと静まりかえった。住職の法話が始まり、半時（約一時間）あまりに及んだ。

法話が終わると、参加者は別室に案内され、精進落としの料理がふるまわれた。

「粗末な料理ですが、この守鶴和尚の打ったうどんでござる。どうぞ、ご賞味あれ」

住職のあいさつが終わると、皆の視線は目の前の料理に移った。

折敷《おしき》の上にはざるに盛られたうどん、小鉢に入ったたれ味噌、湯飲みが置かれていた。前の方では守鶴和尚が火にかけられた茶釜から湯をお椀に注いでいた。湯の入ったお椀を二人の小僧が参加者ひとりひとりに運んでいる。皆に行き渡った頃合いを見はからって、守鶴和尚が声を上げた。

「湯にたれ味噌をといて、うどんをつけて召し上がってくだされ」

皆、言われた通りにうどんをすすると、あちこちから感嘆の声が上がった。

伝心院殿もうどんをすすると、にっこり笑って、

「これは、美味じゃ」

と、ちゆに話しかけた。

「いかがでございますかな、公方様の御台様」

伝心院殿が声のした方に顔を向けると、そこには御本尊の左下にいたたぬきの顔があった。

伝心院殿は驚いて声も出ず、まじまじとその顔を見たが、よく見ると守鶴和尚だった。いつの間にか守鶴和尚が伝心院殿の向かい側にすわっていたのだった。丸くて大きな目、つんとした鼻、口のまわりにはピンとしたひげがあり、たぬきそっくりの顔だった。

「こんな美味なうどんは食べたことはございませぬ」

伝心院殿がそう話すと、守鶴和尚は嬉しそうに顔をほころばせた。伝心院殿はたぬきも笑うのだと思ったが、すぐに自らの考えを否定した。

「ところで和尚様、この寺にはたぬきがおりますでしょうか」

伝心院殿の唐突な問いに、河連国久はあわてて伝心院殿をいさめようとした。守鶴和尚も目を丸くしたが、すぐに笑顔になって、

「それは当山は山深いところですから、たぬきがおっても不思議はありますまい」

守鶴和尚は一礼すると、元いた茶釜の方へ歩いていった。伝心院殿は和尚の尻のあたりを何気なく見ていたが、ふと我に返ると顔をあからめてうどんにはしをつけた。

その後、茂林寺を出て河岸までもどって舟に乗り、伝心院殿たちが古河城に着いたのは夕刻であった。

伝心院殿とちゆが座敷でくつろいでいると、成氏がやってきて二人の前にあぐらをかいた。

「どうであった、茂林寺の住職の法話は」

成氏が問いかけると、伝心院殿は何と言っていいかわからず、助けを求めるようにちゆの面長の顔を見つめた。ちゆもそんな伝心院殿の態度を測りかねて不思議そうな表情をした。伝心院殿には法話よりも守鶴和尚の印象が強すぎたのだった。感じたことをそのまま言葉にすればあまりに馬鹿げた話に聞こえるに違いなく、話すことができなかったのだ。

「二人とも、何を妙な顔をしておる。まるで、たぬきに化かされたような顔をしておるぞ。まあ、よい。急ぎ旅で疲れたであろう。ゆっくり、休め」

成氏はそう言い終わると部屋を出ていき、愉快そうな笑い声をたてながら縁を遠ざかっていった。

断崖絶壁の下には荒川が流れている。水量も豊かで大きな川だ。秩父の山あいを流れてきた荒川は、ここ鉢形《はちがた》で平野に出て、解き放たれたように流れ去っていく。

「似ている」

眼下の荒川を見下ろしていた長尾景春はひとりつぶやいた。景春が生まれ育った上州白井城によく似ているのだ。白井城もこうした断崖絶壁の上にあり、眼下に吾妻《あがつま》川が流れていた。鉢形は荒川とその支流である深沢川にはさまれた細長い三角形のような土地だった。末端で深沢川が荒川に合流している。深沢川は小さな川だが、深い渓谷を形づくっていて越えるのは容易ではない。

長尾景春と並んで、大石憲仲《のりなか》と毛呂《もろ》三河守《みかわのかみ》が同じように荒川の流れを見下ろしている。

「ここに城を築けば、守りの堅い城ができましょうな」

大石憲仲が感心したように目を細める。

「天然の要害とはまさにこのことじゃ。なあ、景春殿」

毛呂三河守が景春の方を向いて笑う。

「ならば築こうではないか、この地に城を」

景春は意を決したように言い放つ。

山内《やまのうち》上杉氏の家宰が景春の叔父の長尾忠景《ただかげ》に決まってから、早くも三年が経過した。当初は五十子への道を封鎖するといった強硬手段に出た景春だったが、その後はこれといった動きを見せなかった。それは、忠景が家宰になったことに納得したわけではなかった。太田道灌《どうかん》がいろいろ手を尽くしてくれているのは景春にも伝わっていた。一度は道灌に疑念をいだいた景春だったが、もういちど道灌に望みを託す気になったのであった。

だが、何の成果も得られないまま、文明八年（一四七六）三月になると、太田道灌は駿河《するが》に出兵してしまった。それまで道灌が尽力してくれているということで配下の者たちを抑えてきたのであるが、道灌が駿河へ行ってしまった今、もはや配下の者たちの不満を抑えきれなくなった。「顕定様と忠景様を亡き者にせよ」とか、「いっそ公方方へ寝返ってはどうか」といった不穏な動きが目立つようになった。景春は不測の事態を招かぬように五十子陣を退去し、鉢形へ移った。

その後、景春は城の普請を始めたのであるが、険しい地形のためになかなか工事ははかどらなかった。秋の収穫が終わり農閑期になると、近在の農民を動員できるようになったため工事ははかどり、何とか年内に城らしい体裁をととのえることができた。

その頃、古河城では長尾景春の上杉からの離反が、思わぬ波紋を投げかけようとしていた。

古河城の中門をくぐり、玄関へ行く途中に植えられている梅の木のかたわらで、本間直季《なおすえ》は足を止めた。大きく枝を広げた梅の木は直季の背丈よりも高かった。もうだいぶ蕾はふくらんでいるが、花が咲くまでには二十日ほどかかると思われた。

（今年は花の咲くのを見られぬかもしれぬ）

本間直季は感慨深げに梅の木を見上げた。思えば、この梅の木を植えたのは直季だった。古河城に来て最初の春のことであるから、もうかれこれ二十年になる。小さな苗だった梅が今は立派な木に成長したのを、直季は目を細めて見ていた。

「本間殿、上様をお待たせするわけには参りませぬ」

すこし先で立ち止まっていた海老名季高《すえたか》がやんわりと促す。

「うむ、済まぬ」

本間直季は思いを断ち切るように足早に海老名の後を追った。

海老名季高と本間直季が座敷で待っていると、足利成氏が御供衆二人を連れて入ってきて上座にすわった。野田右馬介と簗田持助も続いて入ってきて、海老名たちの方を向くかたちで控えた。海老名と本間は平伏した。

「表をあげえい」

成氏のよく通る声が静けさを破った。

海老名が顔を上げて言上する。

「上様にお願いしたき儀がございます」

海老名はひと息入れて、意を決したように続けた。

「海老名季高、ここに控えまする本間直季ともども上様のもとを辞去することをお許し願いとう存じまする」

海老名たちは再び平伏した。

成氏はしばらく手にしていた扇をもて遊んでいたが、やがておもむろにぽつりと言った。

「何ゆえ、そのようなことを。何か不満でもあるのか」

「滅相もござりませぬ。不満など決してござりませぬ」

海老名はあわてて勢い込んで言った。

「ならば、何だ」

成氏は海老名たちのあわてぶりが面白かったのか、目を細めて口元をゆるめた。

「我らの領地が相模にあるのは上様もご存知でありましょう。いや、あったと言うべきでしょうか。今は上杉に押さえられてしまっておりますので。こたび長尾景春が上杉に反旗をひるがえした由、失われた領地を取り戻すのに絶好の機会かと。ゆえに我ら、長尾景春の元に馳せ参じとう存じまする。何とぞ、お許しを」

海老名と本間はまたも平伏した。

成氏はしばし沈黙した。さして驚いた様子もなく、落ち着いた口調で言った。

「左様か、おぬしらの事情はよくわかる。好きにするがよい。二人とも今までよく尽くしてくれた。海老名は宿老として、そのおだやかな人となりは皆をなごませ、また筋の通った考えを正しいと思えばあくまで貫いた。わしは信を置いていたぞ。そして本間、おぬしは奏者、寺奉行、弓馬師範と様々なお役目をこなしてくれた。それにしても、そちは変わらぬのう。歳をとっても姿勢はいいし、鋼《はがね》のような体をしておる。二人ともあらためて礼を言う」

「ははッ、もったいなきお言葉」

海老名季高はひれ伏した。涙が止まらなかった。いとまを願い出れば成氏の不興を買うばかりかおとがめさえ覚悟していたのに、成氏は今までの労をねぎらい快く送り出してくれる。この先も何かお役に立てればいいがと海老名は思った。本間直季は弓馬師範として心身ともに鍛錬しているせいか、もうすこし冷静だった。平伏していて涙がこぼれそうになったが、何とかこらえた。それにしても何という器の大きさだろう。関東公方の座にあるというのは、こういうことなのかと本間はあらためて思った。

「もう、よい。二人とも顔を上げよ。ささやかではあるが、わしからの餞別じゃ。師久《もろひさ》、これへ」

成氏はそう言って手ずから二人にほうびを手渡した。公方自ら直接手渡すことなど普段は考えられないことであった。

「遠慮はいらぬ。開けてみよ」

成氏が笑顔で促す。

二人は木箱のふたを開ける。海老名季高がもらった箱は小ぶりの細長い箱で、中にはすずりと筆が入っていた。本間直季の方は四角い箱で、馬に乗るときにはく熊皮の浅沓《あさぐつ》が入っていた。

「ありがたき仕合わせ。このご恩は一生忘れませせぬ」

二人は深々とお辞儀をした。奉行の海老名にはすずりと筆、弓馬師範の本間には乗馬用の沓というのは、いかにも似つかわしい餞別の品といえる。だが、成氏の顔を見ると切れ長の目にはいたずらっぽい光が宿り、口元は笑うまいとして我慢しているように時々笑いをかみ殺しているようであった。二人はそんないわくありげな成氏の様子を一瞬いぶかしんだが、野田右馬介の声に我に返った。

「二人とも大儀であった。下がってよい」

二人が退室した後、野田右馬介は成氏に渋い顔を向けた。

「殿、粋狂が過ぎまするぞ。判じ物のような贈り物に二人が気づくやもしれませぬぞ」

「気づいたところで何も差し支えなかろう」

成氏はすました顔である。

「しかし、殿。わかっておいでだったのですか、あの二人が景春の元へ行くなど」

簗田持助が聡明そうなまなざしで成氏を見る。

「海老名季高のところに使いが来ておったそうじゃ。国府野又三が知らせてきたのだ。それでピンときた。いろいろ考えを巡らせば、景春からの使いであることは明白であろう」

「さすがは殿、拙者などは到底思い至りますまい」

野田右馬介は首を振って感心しきりであった。

「ま、右馬介には無理じゃな」

「いや、これは一本取られましたな」

野田右馬介は手のひらで額をぴしゃりとたたくと豪快に笑った。成氏もひとしきり笑った後、簗田持助に語りかけた。

「持助、そなたならば気づいたであろう」

持助は真一文字に結ばれた口元をすこしゆるめただけで何も答えず、話題を変えた。

「ですが、景春方に当方ゆかりの者がいるというのは、何かと心強いのではありませぬか」

「うむ、わしもそう考えていた。まさに渡りに舟と。また国府野又三の陰陽師《おんみようじ》に頼るとなると危なっかしくてかなわん」

成氏は顔をしかめる。

「なんであんなことを思いついたのじゃか…」

野田右馬介が腕組みをして首をひねる。

「ま、何でも良かったのでしょう。人の弱みをついて自分が優位に立つというのは道理にかなっていますからな」

簗田持助が冷静に分析する。

「さて、もうしばらく高みの見物といくか」

成氏はそう締めくくると、ゆっくりと立ち上がった。


文明九年（一四七七）正月十八日、長尾景春はついに蜂起し、五十子陣を襲い崩壊させた。扇谷上杉勢は利根川を越えて細井（現・前橋市）へ、山内上杉勢は河内那波荘（現・伊勢崎市）へ、越後勢は白井城（現・渋川市）へ、それぞれ退いた。太田道灌は前年の三月から十月まで駿河へ出陣した後、山内上杉顕定と長尾忠景との確執から、江戸城にこもったきりであった。

その間隙をついて、長尾景春は動いたのだ。景春に従ったのは、山内上杉氏の宿老・足利の長尾房清、大石憲仲、大石石見守、武蔵の豊島氏、千葉実胤、毛呂三河守、相模の本間氏、海老名氏、大森氏、上州の長野為業《ためなり》などであり、その数は二千にのぼった。

その後、江戸城の太田道灌のもとに、長尾景春からの使者が来て、今後どうすればよいか助言を求めてきた。道灌は「鉢形城を出て、他国へ退去して赦免を請えば、山内上杉に復帰できるよう尽力する」と説得したが、景春はこれを拒否した。また、道灌は山内顕定に扇谷勢の帰国を求めるとともに、景春との交渉の許可を願い出た。しかし、顕定からは景春とは絶縁するとの返答が来ただけだった。

今や、上杉方で武蔵に在国しているのは太田道灌のみであった。山内上杉氏とのわだかまりにこだわっている場合ではなかった。上杉氏全体の危機であった。古河公方方は左うちわで高みの見物を決め込んでいるであろう。この危機を救えるのは道灌の他にはいない。

三月十八日、太田道灌は相模の扇谷勢に景春方の小沢要害（現・愛川町）へ向かわせた。景春方は横山（現・八王子市）に在陣していた吉里氏が救援に向かったが、その甲斐もなく小沢要害は扇谷勢の手に落ちた。また、道灌の弟資忠《すけただ》、扇谷上杉氏宿老の上田上野介《こうづけのすけ》、宅間上杉憲能《のりよし》らを河越城に派遣した。景春方は矢野氏らが苦林（現・毛呂山町）に陣を張り、河越城をうかがった。四月十日、太田資忠らは河越城を出て、矢野氏らを勝原（現・坂戸市）におびき出し勝利した。太田道灌自らも豊島氏の練馬城、石神井《しゃくじい》城を攻略した。これにより、武蔵南部と相模から景春勢を一掃した。そして、道灌は長尾景春本隊に立ち向かうべく、北武蔵に進出した。それに対し、景春は鉢形城を出て、五十子に陣を張った。

どんよりとした雲がたれ込め、今にも雨が降り出しそうな空であった。左には小高い山々が連なっている。前方には赤城山が見えるはずだが、霧が出ているのか見えない。どこまでも青々とした野原が続いていた。

馬上でよろいに身をつつんだ太田道灌は、はるか前方を注視している。そろそろ長尾景春の陣が見えてくる頃だ。道灌は全軍に停止を命じた。そして、斥候《せっこう》隊を二十人ばかり選んで、下知した。

「よいか、景春軍が見えるところまで進み、ときの声を上げよ。それで、急ぎもどってこい」

斥候隊はさらに先へ進んでいった。扇谷上杉氏宿老の上田上野介が道灌の隣に来た。

「うまく行きましょうか」

「鉢形城を落とされるとなれば、敵もあわてましょう。帰るところがなくなりますからな。必ず出てくるはずじゃ」

「ま、太田殿にお任せ申す」

上田上野介は自分の隊にもどった。

しばらくすると、斥候隊が帰ってきた。二町（約二百二十メートル）ほど後から景春軍が追いかけてくる。

「よし、全軍、急ぎ引き上げよ」

道灌は再び下知し、自らも馬を駆って全速力で引き上げる。

五町ほど走ったであろうか、道灌は急に馬を止め、采配を振るった。

「手はず通り、反転せよ！」

弓隊は横一列に並んで弓を構える。騎馬武者と足軽は左右二手に分かれて、大回りして敵の横を突く作戦であった。いっせいに放たれた矢は突進してきた敵を襲い、馬上からもんどり打って落ちる者や倒れる歩卒が続出した。敵は大混乱に陥り、そこへ左右から騎馬隊と槍隊が攻め込んだので、敵の損害は測り知れなかった。この戦は後に用土原の戦いと言われ、道灌軍の大勝利に終わった。

敗北した景春軍は五十子南方の富田まで退いた。

ほうほうの体で富田にたどり着いた長尾景春は主だった武将を集めて評定を開いた。重くるしい空気が漂う中、誰も口を開こうとしなかった。

やがて、景春がぽつりと言った。

「ここはもはや公方様におすがりするしかあるまい」

公方足利成氏のもとを辞し、景春軍に合流していた海老名季高が進み出た。いつもは柔和な顔は真剣味を帯びていた。

「それがしが文《ふみ》をしたためますゆえ、景春様の御花押《ごかおう》をいただきとう存じまする」

「うむ、よろしく頼む」

景春は力なく言う。

「では、拙者がその文を公方様にお届けいたしましょう」

今度は公方家の弓馬師範であった本間直季が進み出る。

「そうしてくれると、ありがたい。お二方とも公方様の宿老であったからの、心強い」

海老名季高と本間直季は深々と一礼する。二人は顔を見合わせると、成氏から拝領したすずりと筆、乗馬用の沓が役に立つことに思い当たった。

本間直季は成氏に援軍を求める使者に立ち、成氏に拝謁した際にそのことを問うてみたが、成氏は一笑に付した。

「見通していたわけではないわ。ただ、そういうこともあるやもしれぬとは思っておった。何事も様々な結果を考えておくのが大事なのじゃ」

成氏は長尾景春の要請に応えて、出陣を決断した。

3

出陣の準備のため、足利成氏《あしかがしげうじ》はただちに奉公衆《ほうこうしゅう》と諸侯に招集をかけた。古河《こが》城へは続々と兵が集結した。

いよいよ出陣の日、よろいをまとった成氏は、座敷で旗指《はたさし》の矢田伊之助に旗を手渡した。成氏は何を思ったのか、今まで話しかけたことのない矢田伊之助に言葉をかけた。

「ところで、そちの名は何という」

矢田はふいに成氏に聞かれて、驚きのあまりしばらく言葉が出ない。今まで一度としてまともに見たことのない成氏の顔をまじまじと見つめてしまった。成氏の気品あふれる顔に思わず見入ってしまったが、矢田は我に返るとあわてて下を向いた。

「はッ、矢田伊之助と申します」

「伊之助、今までよく務めてくれた。礼を申す」

「ははッ、もったいなきお言葉」

「じゃが、これを最後としたい」

矢田は驚いて平伏した。

「拙者に何か落ち度でも」

成氏はすこし笑って、優しく言葉をかけた。

「いや、そうではない。もう、これを最後の戦《いくさ》にしたいのじゃ」

成氏もすでに四十四歳、上杉との戦いに明け暮れて二十数年になる。いささか嫌気がさしてきていた。成氏ばかりではない。諸侯の中にも内にごたごたをかかえている者も多い。奉公衆は依然として成氏に忠誠を誓ってはいるが、内心ではかなり不満を抱いているに違いない。

成氏は迷いを振り切るかのように勢いよく立ち上がると、諸将が待っている中門の方へ歩いて行った。

中門の外には騎馬武者たちが顔をそろえていた。結城氏広《ゆうきうじひろ》、宇都宮正綱、那須資持《すけもち》の諸将、簗田《やなだ》持助、野田右馬介《うまのすけ》、佐々木入道、一色左馬助の奉公衆である。

成氏は用意されていた馬にまたがり、皆に下知した。

「これより上杉との長きにわたる戦いに決着をつけるべく、出陣する」

簗田持助が続いて言う。

「おのおの方、心してかかられよ」

諸将はときの声を上げてこれに応え、西へ向かって進軍を開始した。

古河公方軍の出立は、すぐに上杉方に伝わった。その数、四千。鉢形《はちがた》城に逃げ込んだ長尾景《かげ》春《はる》軍は数を減らしたとはいえ、千五百が残っている。対する上杉方は道灌《どうかん》軍を合わせても二千五百にしかならない。下手をすれば挟み撃ちにあい、壊滅的な打撃をこうむりかねない。総大将の山内《やまのうち》上杉顕定《あきさだ》を中心として軍議が開かれたが、様々な意見がとびかった。その中で、上杉方立て直しの功労者である太田道灌の意見が通り、全軍が上州にひとまず退くことに決まった。

成氏軍は武蔵から一里（約四キロメートル）ほど上州に入った滝（現・高崎市郊外）に陣をしいた。そこで、成氏軍はまったく動かなくなった。

暑い中を行軍してきたために、兵は疲れ切っていた。このまま戦ができる状態ではなかった。滝に着いた頃には最も暑い時期を過ぎて、朝晩は多少しのぎやすくなっている。しかも、ここは利根川の川べりなので、時おり涼しい風も吹いてくる。上杉方も攻めてくる気配もなく、しばし兵を休めることができた。

だが、秋になっても成氏軍は動く気配を見せなかった。それほどまでに厭戦気分が蔓延していたのである。

成氏の心の中には、やる気のなさが巣食っていた。それというのも途中の陣中で、宇都宮正綱が病のためにこの世を去っていたのだ。宇都宮正綱は三十五歳という若さで短い生涯を終えてしまった。もともと病がちでありながら無理をして馳せ参じてきたのであるが、猛暑の中の行軍でついに力尽きてしまったのだ。まだ幼き頃から数年間、御供衆として成氏のそばに仕えてきたがために、成氏にとっては弟のような存在でもあり、その死が成氏の心に重くのしかかった。

いっこうに動かない成氏軍にしびれを切らした上杉方は、十月初めになって白井城を出て、成氏軍と利根川をはさんで二里（約八キロメートル）のところにある片貝（現・前橋市）に兵を進めた。

道灌軍はその中間の荒巻に布陣した。すると、成氏軍は結城、那須、佐々木の軍と景春軍が攻めてきた。道灌は手はず通り、兵を上杉方主力のいる片貝より北の赤城山山麓に位置する塩売原へ後退させた。この手前には狭い谷があって大軍を一気に進めることはできない。道灌はそれを利用して勝機をつかもうとしたが、敵もさるもので公方軍は乗ってこない。両軍はにらみ合ったまま動かなくなった。そして十一月十四日、成氏軍は退却を始めた。道灌は途中で迎撃しようとしたが、要請した山内上杉氏家宰《かさい》の長尾忠景《ただかげ》軍が来ないので、みすみす成氏軍の滝本陣への合流を許してしまった。

それからひと月以上、成氏軍は滝本陣から動かなかった。状況を打開しようと、上杉方が利根川を渡って漆原まで出てきた。それを機に成氏は軍を動かし、観音寺原、さらに広馬場《ひろばんば》へと進んだ。

広馬場は榛名山の山裾に位置し、上杉方の本拠地である白井城まで二里半の距離にあった。東には赤城山の広大な裾野が広がっているのが見えた。その上には切り立った峰が三つ四つとそびえている。成氏は初めて見る雄大な山の景色に圧倒され、しばし見入っていた。それにしても寒い。赤城おろしと呼ばれる山から吹き下りてくる風が顔に痛い。手足は寒さでしびれてしまって、体は冷え切っていた。

年の瀬が迫り、日が落ちるのが早い。あたりが暗くなると、かがり火をたいた。兵が陣取っているあちらこちらに炎のゆれるのが見えた。

成氏は幔幕《まんまく》が張られた本陣で、途方に暮れたように床几《しょうぎ》に腰を下ろしていた。聞こえるのは幔幕が風にはためく音とかがり火にくべられた木がぱちぱちとはぜる音だけだ。いつもなら正月を前にその準備に追われている日々のはずなのに、はるか上州まで遠征してきて何のために寒空の下でふるえていなければならないのか。古河を出て半年が経とうとしている。上杉打倒の強い一念がなければ、絶望の淵に落ちてしまいそうだった。

幔幕が途切れた入口に、暗闇の中から亡霊のように現れたよろい姿の武将に、成氏は思わず息を飲んだ。近づいてくる武将の顔がかがり火の明かりに照らされて浮かび上がる。結城氏広だった。かつて下ぶくれで生気に満ちていた顔は、今や頬がこけるほどで明かりのぐあいでより深い陰りをおびていた。

結城氏広は成氏の前で片ひざついて一礼すると、成氏に促されて隣の床几に腰を下ろした。

「どうじゃ、具合は」

成氏は氏広を気遣い、言葉をかける。

「どうも、いけませせぬ。この寒さは骨の髄までしみ通ります る」

戦の際はあれほど強気だった氏広だが、よほど体の具合が悪いとみえて弱音をはいた。

「実は上様、こたびはおいとまを願いたくまかりこしました次第。何とぞお許しのほどを」

結城氏広はせき込みながら苦しそうに話した。成氏も言葉のかけようがなく、ただ黙って氏広を見守っていた。

「兵も疲れ切っておりまする。わが結城の兵だけではござりませぬ。宇都宮殿の兵など一刻も早く国元に帰りたい一心で、とても戦をする気概などござりませぬ」

当主の正綱が亡くなって宇都宮氏の兵は統率を失った。他の諸侯の兵も嫌気がさしているのは成氏も重々承知していた。だが成氏はこう言うしかなかった。

「皆の気持ちはわかっている。じゃが、もうしばらく辛抱してもらえまいか。数日中には必ず決着をつける。それまでわしに力を貸してくれ」

「わ、わかり申した」

結城氏広はふりしぼるように声を発し床几から立ち上がると、一礼して背を向け力なく去っていった。

夜に入ると雪が降り始め、大雪になった。

夜が明けると、あたり一面は雪が降り積もり白一色の世界が広がっていた。

まだ雪は降っている。成氏は空を見上げたが、白いものが舞い降りてきては顔にあたる。成氏は手のひらで雪を受け止めてみた。よく見ると手のひらに落ちた雪片は一瞬美しい模様を見せたかと思うと、すぐに消えてしまう。成氏はその様子にしばし見入っていた。美しいものは儚《はかな》い。成氏は遠く離れた古河にいる伝心院殿を思った。妻もまた成氏の帰りを待ちこがれていることであろう。こうしている場合ではない。決戦を前にこんな大雪を降らせるとは、天も戦を望んではいないのだろう。成氏は上杉への怨念がすうっと消えていくような感じがした。

その頃、白井城を背に公方方との決戦にのぞむべく、成氏軍と対峙していた上杉方では主だった将を集めて軍議が開かれた。

大雪が降って、上杉方でも皆、戦意を喪失していた。口には出さないものの誰もが和議の道をさぐっていた。

「この戦はいつまで続くのか。これでは碁盤がどんどん広がって、きりもなく碁を打っているようではないか」

山内上杉氏当主の顕定がいらいらした様子で、はきすてるように言う。

「もはや和睦しかありますまい。越後勢も帰国を望んでおりまする」

扇谷《おうぎがやつ》上杉当主の定正がおだやかに切り出す。

皆の顔に安堵の表情が広がる。よくぞ言ってくれたという思いが顔に出ている。

「だが公方様は受け入れてくれようか。あの方の上杉への憎しみは並大抵ではあるまい」

顕定は不安顔になる。

太田道灌は斜め向かい側にいる父道真《どうしん》をみた。左右に伸ばした口ひげを所在なげにいじっていた道真は、道灌の視線に気づくとうなずいて見せた。道真は顕定に発言の許しを求めた。

「申し上げます。ここは幕府との和睦の仲介を条件にしてはいかがでしょう」

「それで公方様にご納得いただけようか」

顕定はなおも懐疑的であった。

太田道灌が満を持して口を開く。

「恐れながら申し上げます。公方方とて戦に飽いておりましょう。信のおける重臣から勧められれば公方様とてよもや断りますまい」

「誰か心当たりはあるのか」

定正が口をはさむ。

「はい、簗田持助殿という奉公衆がよろしいかと。簗田殿は冷静沈着、大局を見て判断のできるお方でございます」

「やけにほめるではないか。道灌、そちはその簗田とやらに会ったことがあるのか」

顕定はまだ道灌を信用していない口ぶりだった。

「はい、一度だけ」

「一度だけでわかるのか」

「はい、余人はいざ知らず、私には。それに、戦ぶりを見ればわかります」

道灌は自信たっぷりに言い切る。

「さすがは道灌殿、公方方にも知己がおられるのですな」

山内上杉家宰の長尾忠景が皮肉な口調でまぜ返す。道灌は思わず眉をつり上げ鋭い視線を忠景に注いだ。道灌が公方方に寝返るという〝雑説《ぞうせつ》〟がくすぶっているのを忠景はほのめかしたのだ。家宰になる前は素朴で実直だった忠景は上杉顕定と行動を共にするうち、すっかり猜疑心の強い人柄に変わってしまった。

「そのようなことを言っている場合ではありますまい。その簗田とやらに和睦をもちかけるしか策がないのであれば、早急に手を打たねばなりますまい」

道灌の主《あるじ》である上杉定正が助け舟を出す。道灌の働きにより扇谷上杉の力が強まり、定正は自信を深めていた。逆に山内上杉の顕定と長尾忠景は道灌の活躍を苦々しく思っていたのである。扇谷上杉氏が関東管領《かんれい》の地位をおびやかす存在になることは、山内上杉氏にとってはあってはならないことであった。

「わかった。だが道灌、おぬしは引っ込んでおれ。和睦の使者は当方で出す」

上杉顕定はそう言って軍議をしめくくり、長尾忠景を促して席を立った。

年が明けて正月二日、公方方の奉公衆である簗田持助のところに、上杉からの使者が来た。幕府と古河公方との仲介を上杉がすすめることを条件に和睦を申し入れて来たのである。

簗田持助は急ぎ上杉からの書状を成氏に届けた。

成氏は書状を手にしたまま何度も読み返し、判断がつきかねる様子であった。

「上様、今こそ和睦の千載一遇の機会でござりまするぞ。これを逃せば二度と和睦の機会は訪れますまい」

持助はいつになく強い口調で成氏に決断を迫った。

「しかし……」

成氏は迷っていた。父や兄たちを死に追いやった上杉への恨みを水に流してしまっていいのだろうか。

「まだ迷っておいでか！　殿、我らの兵とてずいぶん失われました。持助、これ以上配下の者たちを苦しめとうはござりませぬ」

今まで冷静だった持助は我慢の限界を超えたとみえ、目に涙を浮かべていた。

そんな持助の様子を見て、成氏は父と兄たちの供養塔の建立を頼みに行ったときの曇芳《どんぽう》和尚のことばを思い出した。

「いずれどこかで手を打つということも頭に入れておかねばなりますまい。民や家臣のことも考えてやりませぬと」

（いまが、その時なのか）成氏は思った。

「わかった。和睦を受け入れよう。持助、上杉に返事を出せ」

「ははッ」

簗田持助はいつもの冷静な態度にもどって成氏の元を辞去した。

いつしか雪は止み、雲間から明るい日がのぞいた。赤城の山もかすかに見える。広い裾野は見渡す限りまっ白だ。

(これでやっと古河へ帰れる。赤城の山も見納めじゃ)

成氏の心はおだやかになり、晴れやかな顔で遠くの山を見上げていた。

上杉との和睦が成立すると、早くも四日には結城と宇都宮勢が陣を引き払った。五日には足利成氏も上州を後にした。それだけ厭戦気分が広がっていたのである。

だが成氏はそのまま古河へは帰れなかった。武蔵成田(現・埼玉県熊谷市)まで退いたところで、同行していた長尾景春と千葉輔胤《すけたね》が上杉との和睦に反対し出したからである。長尾景春は言うまでもなく、千葉輔胤としては上杉方の宗家を退けて今の地位があるという事情があった。成氏は身動きが取れなくなった。

一方、上杉勢も公方方が本陣にしていた滝より南の倉賀野へ陣を移した。その後、太田道灌は河越城に帰った。

道灌が古河公方方との戦のために上州へ遠征している間に、再び豊島氏が蜂起し、江戸城と河越城との連絡が取れなくなっていた。さっそく道灌は豊島氏討伐のために動いた。豊島氏はたまらず小机城に逃れた。足利成氏と行動を共にしていた長尾景春は豊島氏支援のため援軍を送った。だが、その甲斐もなく小机城は陥落し、豊島氏は滅亡した。それによって豊島氏の所領は扇谷上杉氏が没収し、そのほとんどが太田道灌の所領になった。江戸近辺では太田道灌が最大の領主となり、その他の領主も扇谷上杉氏の勢力下に入った。

上杉との和睦が成立して半年が経とうというのに、足利成氏はいまだに古河城への帰還を果たせずにいた。季節も厳寒の冬から真夏へと変化していた。

成氏はギラギラと照りつける太陽がまぶしい空を仰ぎ見た。北の方に入道雲が出ているとはいえ、抜けるような青空だった。あと六里（約二十四キロメートル）ほどで古河だというのに、半年も足止めを食ってたどりつけないとはまったく馬鹿げている。それというのも長尾景春と千葉輔胤が和睦に反対しているからであった。成氏は何度か説得してみたが、二人とも頑として受け付けなかった。景春は上杉との戦いのため時々出陣していくが、その都度負けて帰ってくる。千葉輔胤はほぼ一日中、成氏に付きっきりといっていい。成氏が寝る時でも、危ないから宿直《とのい》をつけると称して自分の部下に寝ずの番をさせている。成氏は常に景春と輔胤の監視下に置かれているようなものであった。側近との密議もままならず、書状を出すことさえ難しい有様であった。まさか自らの手で二人を討ち果たすわけにもいかない。（ならば…）成氏は一計を案じることにした。

それから数日がたち、長尾景春が上杉との小競り合いから戻ったので、成氏は景春と千葉輔胤に宴をやらないかともちかけた。暑気払いをかねて、日ごろの憂さ晴らしをしようというのである。戦がうまくいかずくさくさしていた景春も、いくぶん長退陣にあきてきた千葉輔胤も二つ返事で承諾した。

その昼下がり、宴の準備の打ち合わせと称して、成氏は野田右馬介を呼んだ。

「右馬介、景春と千葉輔胤を存分にもてなしてやってくれ。酒は飲み放題じゃ」

成氏は右馬介に指示した後、扇で口をおおい声をひそめた。

「その後、わしはすこし表に出て風にあたりたい、わかるな」

右馬介は一瞬考えたが、すぐに成氏の意図を察したようで、

「わかり申した。拙者にお任せくだされ」

そして意味ありげにニヤリと笑った。

日暮れ時から宴は始まり、歌や踊りもとび出して宴たけなわとなった。

国府野又三は長尾景春の相手をしている。野田右馬介だけでは手にあまるというので、又三が駆りだされたのであった。又三も景春も相当酔っているようだ。

「いやあ、景春様ほどの男前なら、おなごがほっときませんでしょうな」

又三はさらに景春に酒をすすめる。

「そんなことはござらん」

景春は謙遜するがまんざらでもなさそうだ。

「皆、言っておりますぞ。景春様こそ武士の中の武士、男でさえほれぼれすると」

「おぬし、口がうまいの。まあ、飲め」

今度は景春が又三に酌をする。差しつ差されつで、二人は完全に酔っぱらった。

隣では野田右馬介が千葉輔胤に酌をしている。

「野田殿、わしはくやしい。上様が上杉と和睦したことがくやしくてならんのじゃ」

「そのお気持ち、ようわかり申す。長年、打倒上杉を旗印に一丸となってやってきたわけですからな」

そう言って右馬介はまた輔胤に酌をする。輔胤は成氏が気がかりなのか、心から酔えないようだ。

右馬介は奥の手を使う決心をした。

「ここだけの話ですが、実のところ上様は本気で和睦しようとは思っておりませぬ。機をうかがっているのでございます」

「野田殿、それはまことか」

輔胤はひとひざ乗り出し、顔を輝かせる。

「はい、千葉様。ですから、ご安心くだされ。さあ、どんどん飲まれよ。今宵は無礼講じゃ」

右馬介は輔胤をあおって、ついに酔いつぶしてしまった。

ふと隣を見ると、景春も又三も酔いつぶれて寝込んでしまっていた。

「ちッ、相討ちか。まあ、仕方あるまい」

野田右馬介は、いびきをかいて寝ている又三を見て、つぶやいた。

その様子を見ていた成氏は、野田右馬介と目配せをかわすと、そっと宴席を抜け出した。向かうは簗田持助の小屋である。

簗田持助は酒が飲めないので、宴には出ていなかった。ぼんやりとした明かりの灯る小屋で何やら考え込んでいた。明かりといっても手元を照らすだけなので書も読めない。屋敷の方から笑声や楽器の音が聞こえてくる。宴が続いている間は寝るわけにもいかなかった。成氏が唐突に宴をひらくというので、持助は何か裏がありそうな気がしていたのである。

「持助、入るぞ」

ふいに外で声がした。成氏の声だ。

「殿、こんな夜分に何用ですか」

持助が立とうとすると、すでに成氏は小屋に入ってきて持助の前にすわった。

「持助、急ぎ道灌に書状をしたため、景春を討つよう頼んでくれ」

成氏は息が整わないまま、勢い込んで言った。

「殿、よくご決断されましたな。さっそく文《ふみ》をしたためまする」

持助はかたわらからすずりと筆を取り出すと文をしたためた。そして、中間《ちゅうげん》の久能に文を託した。

太田道灌は、扇谷上杉家当主の定正を河越城に帰還させるべく、すでに河越城を発していた。上杉定正はいまだに長尾景春と対峙していた。道灌が途中まで来ると、公方家重臣の簗田持助の使いが文を届けにきた。文を読んだ道灌の手はふるえた。公方家から依頼を受けるのは生まれて初めてだったからである。公方足利成氏からの直々の頼みということで、道灌は血がたぎる思いがした。道灌はさらに道を急ぎ、景春の本拠地である鉢形城と、景春が成氏とともにいる成田陣の間に兵をすすめた。

翌日、予想通り景春は出陣してきて、道灌はそれを迎え撃った。景春勢は散り散りになり鉢形城へ逃げ込んだ。すかさず道灌は景春を追って鉢形城も攻め落とした。鉢形城を追われた景春は秩父の山奥へと逃げのびていった。

成氏はやっと景春から解放され、あとじゃまなのは千葉輔胤だけになった。

景春がいなくなって二日後、成氏は成田陣をあとにすべく、よろいをまとい馬上の人となった。

出立しようとすると千葉輔胤が飛び出してきて、成氏の馬の前にひれ伏した。

「上様、いまいちど、お考え直し下さりませ」

「くどいぞ、輔胤。そこをどけ」

成氏は珍しく声を荒げた。

「どきませぬ。それでも通るとあらば、拙者を踏みつぶして行かれませ」

「そのようなことができるわけがなかろう。それとも輔胤、わしに弓引くつもりか」

成氏は涙声になった。

「滅相もござりませぬ」

輔胤はなおもひれ伏したまま動かない。

「ならば、道をあけよ」

成氏はさとすように言う。輔胤は力なく脇にどいて、ひざまずいた。

「皆の者、出立じゃ」

成氏のことばを合図に、公方軍の一団は動き出した。七月二十三日、成氏はついに古河への帰還を果たした。

第四章

つかのまの平穏

1

結城氏広《ゆうきうじひろ》は京にいた。古河公方足利成氏《こがくぼうあしかがしげうじ》の命により、幕府との和睦を実現するために京へ派遣されたのであった。氏広にとっては見るもの聞くものすべてが驚きであった。十年に及ぶ応仁の乱が終結して三年が経過していた。乱の爪痕はそこかしこに残っているとはいえ、街はにぎわいを取り戻し、牛車や人が行き交っていた。秋を迎えた今は、山裾の寺院のもみじは赤く染まり、見る者を楽しませてくれる。とりわけ、嵐山の紅葉した山と川が織りなす風景は、いつまで見ていても飽きない見事さであった。

いま結城氏広のいる座敷から見える庭にも、もみじが赤く色づいている。流れを引き込んだ庭には池があり、水面にもみじの赤い色を映している。ここは将軍家側近の結城政広《まさひろ》の屋敷であった。同じ結城ということで、どこかでつながりがあるはずだが、いつ分かれたかは定かでない。今では正月の進物のやりとりぐらいしか交流はないが、それでも将軍家への伝手《つて》として、公方成氏にとっては貴重なものであった。

上杉との和睦が成って三年近くが過ぎたが、和睦の条件であったはずの幕府との仲介を上杉は果たさず、うやむやのままになっていた。その間、鉢形城を追われ秩父山中に逃げのびた長尾景春《かげはる》は、再三にわたって蜂起したが、そのつど太田道灌《どうかん》に鎮圧された。根城にしていた奥秩父の日野要害も攻略されると、足利成氏のもとへかくまわれた。

上杉がいっこうに約束を果たさないのに業をにやした足利成氏は、長尾景春を京へ送り込んだが、京に伝手をもたない景春にはやはり荷が重かったと見え、幕府との交渉は一歩も進まなかった。そこで、結城氏広に白羽の矢が立ったのだ。

結城氏広は軽くせきをした。上州への遠征から帰った氏広はしばらく臥せっていたが、気候がよくなるにつれ、体の方も回復した。とはいえ、血気盛んだった十代そして二十代前半に比べれば、すっかり弱ってしまった。まだ二十九歳という若さだというのに、すっかり歳を取ってしまったような気がした。

氏広がそんな思いにふけっていると、将軍家側近の結城政広が姿を現し、庭を背にして氏広と向かい合ってすわった。

「いや、お待たせして申し訳ありませぬ。遠路はるばるお越し頂きながら」

政広はそう言って、扇を口元にあてて薄く笑った。歳は三十なかば、烏帽子《えぼし》の下の顔は白く、眼は切れ長で、同じ一族なのに目の大きい氏広とは似ていなかった。雅《みやび》な京とおおらかな自然につつまれた関東という生まれ育った環境の違いが、そのまま顔や物腰にまで表れているようである。

「こたびは東国の田舎から出てきたそれがしに快くお会い頂き、お礼のことばもありませぬ」

氏広は頭を下げる。

「そのような他人行儀のあいさつなど我らの間にはいりませぬ。同じ結城同士、遠慮のうお言いつけくださりませ」

政広のあまりにもていねいな言葉遣いに、氏広は調子が狂う思いがした。これでは、のれんに腕押しではないか。

「お心遣い痛みいります。早速ですが、文《ふみ》にて申し上げました通り、政広様にわが古河公方足利成氏と幕府との和睦の件で、足利義政様へのお目通りをお取り成し頂きたく、よろしくお願い申し上げまする」

氏広は再び頭を下げる。血気盛んな頃なら考えられないへりくだり様である。あのとんがっていた結城氏広もずいぶんと丸くなったものである。

「じゅうぶん承知しておりまするぞ。これから義政様のところへ案内いたすゆえ、付いて参られよ」

そう言って政広は立ち上がり、庭に面した縁《えん》に出た。氏広も後に続いた。政広は流れが滝を作っている方へと縁を進んでいったが、ふいに立ち止まって氏広の方を振り返った。

「そうじゃ、義政様はいま東山山荘について考えを巡らしておられる。それを話題にすると喜ばれましょう」

「…山荘ですか」

氏広はとまどいの表情を浮かべた。遠くで鹿威《ししおど》しがカランと鳴った。

結城邸から足利義政のいる北小路邸へは、わずかな距離であった。いずれも御所の北に位置しており、幕府の名の由来となった室町殿もほど近い。室町殿は応仁の乱のさなかに焼失してしまい、いっとき義政は細川勝元の別邸であった小川殿に身を寄せた。だが、小川殿は手狭だったので、今の伊勢貞宗の北小路邸に移っていた。

結城氏広は御対面所の次の間で待たされた。隣の御座所と呼ばれる上の間とは襖障子で仕切られている。襖には山水画がえがかれており、さすが都らしい風雅さをかもし出している。部屋の外には広縁の廊下がめぐっていて、氏広もそこを通ってきたのである。

しばらく待たされたのち、すうっと襖障子が開いて取次衆の顔が見えた。

「足利義政様がお見えでございます」

取次衆の声とともに、結城氏広は平伏した。立烏帽子に茶色の一重直垂《ひとえひたたれ》という正装で、胸のところに結城家の家紋である右三つ巴《どもえ》を白く染め抜いている。

やがて、しずしずと衣擦《きぬず》れの音がして、足利義政が御座所に姿を現したようだ。

「苦しゅうない、近う寄れ」

すこしわがれた声は義政のものだろう。氏広は平伏したまま、にじり寄るように敷居をこえて、上の間へ入った。側近の結城政広から謁見の作法を教えてもらっていたのだ。そして、名乗るとともに、口上を述べた。

「結城氏広とやら、表をあげよ」

氏広は顔を上げ、すこし離れて正面の上座にいる義政を見た。目はやや小さくほお骨は高い。何となく傲慢なところがあるように感じられた。七年前に将軍職を子の義尚に譲ってはいたが、いまだ実際の権力は義政が握っていた。かたわらには側近の結城政広が控えていた。

「公方の成氏はそくさいか」

「はッ、いまだ意気盛んでござりまする」

「左様か、それは何よりじゃ」

足利義政は将軍就任当初は〝義成《よししげ》〟を名乗っており、古河公方成氏はその一字をもらっているのである。

「ところで和睦の件であるが、もすこし時がほしい。いや、わしも和睦は必ずやり遂げるつもりじゃ。氏広、その旨、成氏に伝えよ」

「ははッ」

氏広は再び平伏した。はるばる京まで来た甲斐があったと氏広は胸のつかえが下りた気がした。

「ところで氏広、古河はどんなところかの」

「はい、山々ははるか遠く、どこまでも平らな地が広がり、大きな川が流れるところでござりまする」

「雄大なところのようじゃの。わしも一度行ってみたいものじゃ」

義政は遠くを見るような目になる。氏広は、側近の結城政広が目配せするのに気づいた。

「ところで義政様は山荘をお建てになるお考えを巡らせておいでになるとか。古河にも鴻之巣御所という別邸がござりますれば、その改築の参考に御聞かせ願えれば、わが主《あるじ》成氏もきっと喜ぶと思われまする」

氏広のことばに義政は目を輝かせ、山荘構想について語り出した。義政の話は熱を帯び、長きに及んだ。氏広はいい加減うんざりしたが、そんな様子を顔に出さないように努め、時々あいづちを打ちながら熱心に聞いているふりをした。ひとしきり話し終わると、義政は氏広に再びたずねた。

「氏広、その鴻之巣御所というのは…」

「はッ、沼に囲まれた舌のように突き出た土地はすこし高くなっており、大へん見晴らしのいいところでござります」

「左様か、興趣のありそうなところのようじゃ。いつしか成氏とお互いの山荘を見せ合える日が来るといいが」

義政はすこし寂しそうであった。聞けば、子の義尚や妻の日野富子とも疎遠になりつつあるようであった。そんな境遇が成氏への思いに変化をもたらしているのかも知れなかった。

結城氏広は足利義政から一幅《いっぷく》の絵を賜った。公方成氏への贈り物である。狩野正信の山水画ということであった。もちろん氏広には狩野正信がどんな絵師なのかわからなかった。数日後、結城氏広は京をあとにした。

結城氏広が古河城へもどった時には、すでに冬に入っていた。古河城の堀や周辺の沼の葦は枯れて薄茶色になっていた。時おり北風が吹いて、水面にさざ波を立てた。

古河城主殿《しゅでん》で公方足利成氏は、結城氏広から京であった出来事について報告を受けた。また、氏広は義政から預かった一幅の絵を成氏に差し出した。足利義政が和睦に前向きだというのがわかると成氏は喜んだ。そして、結城氏広の労をねぎらい、ささやかな宴を開くことにした。

向居殿の八畳間に足利成氏と結城氏広、そしてお相伴にあずかった野田右馬介の三人が顔をそろえた。成氏と氏広の前には、足の付いた本膳と小さめの二の膳、足のない膳である折敷《おしき》が並べられた。野田右馬介だけ二の膳がなく、本膳と折敷だけだった。成氏と氏広には酌をする女房がついたが、右馬介は手酌でやっていた。

「こたびは氏広、よう働いてくれた。心より礼を申す」

成氏は上機嫌であった。長きにわたる幕府との確執に終止符が打たれると思うと、感慨もひとしおだった。

「もったいなきお言葉。恐悦至極に存じまする」

氏広は深々と頭を下げる。

「そうじゃ、義政様から頂いた画を見てみようではないか。師久《もろひさ》、これへ持って参れ」

成氏は障子の外に控えている御供衆の高師久に声をかけた。

成氏たちが興味津々の体で待っていると、ほどなく高師久が巻いてある画を持って部屋に入ってきた。

「広げてみよ」

高師久は立ったまま画を広げて三人に見せた。見事な山水画が現れた。

「これは、なかなかのものじゃ…と思う」

成氏は画を見つめたまま、真剣な表情をくずさなかったが、いまひとつ自信なさげであった。

戦に明け暮れていたため、書画や陶器に関する知識はあまりなかった。それでも、諸侯や寺社などからの献上の品に、美術品や工芸品も時々あったので、多少の審美眼は持ち合わせているつもりだった。

「側近の結城政広殿に伺いましたところ、狩野正信は雪舟と並んで今や飛ぶ鳥も落とす勢いの絵師であるそうで、当代随一といっても過言ではないとのことでござります」

結城氏広が説明する。

「これが、それほどのものなのか！」

成氏は感心して、つくづくともういちど画を眺める。すると、今まで黙っていた野田右馬介が口をはさむ。

「なるほど、さすがいい画でござりまするな」

成氏と氏広は驚いて、しきりにうなずいている右馬介の長い顔を見る。

「右馬介、おぬし、画がわかるのか」

「いや、わかりませぬ。わかりませぬが、この画は、何と言いますか、心に迫ってくるものがありますな」

右馬介は涼しい顔で感想を述べる。

成氏は合点がいったとばかり、扇でひざを打つ。

「ははあ、画がわからぬ者にも、いい画だと思わせてしまうというのは、やはり只者ではないということじゃ」

「何やら、わかったような、わからないような……」

結城氏広が困惑した表情で思わず本音をもらしたので、成氏はこらえ切れずに笑ってしまった。右馬介はいつもの豪快な笑いを爆発させた。ひとしきり画について品評した後、氏広が話を義政の件にもどした。

「義政様は東山というところに山荘を建てるおつもりのようです。そのことで頭がいっぱいという風情でありました」

「何、山荘を。して、どのような」

成氏も興味があるようだ。

「そうですな、庭には水を引き込み池や流れを作ります。敷地には寺も建てるそうです。住まいは常御所《つねごしょ》といい、付書院《つけしょいん》というものをあつらえた小部屋などを作るそうでございます」

結城氏広は義政から聞いた話で憶えていることを語った。

「付書院とはどういうものか」

「付書院というのは作り付けの文机《ふづくえ》でして、そこには障子戸があり、障子戸を開けるとそこから見える庭の景色が掛け軸の絵になるという趣向だそうです」

「また、おもしろいものをお考えになられたものよ」

成氏は感心する。

「それと、鴻之巣御所の様子をお話ししましたところ、大へん興味をお示しになられました」

「まことか」

成氏は嬉しそうな顔をする。そして、鴻之巣御所にその付書院とやらを作る自分を思い描いていた。

夜になって古河城を辞した結城氏広は、上宿にある結城家の宿所へ帰った。部屋に入った氏広は障子を開け放って縁に出た。空気はいちだんと冷たさを増していたが、酔ってほてった顔には心地よかった。

氏広は縁にあぐらをかいてすわり、夜空を見上げた。冴え冴えとした月がかかっている。

（これほど美しい月は見たことがない。今宵は何と気持ちのいい晩なのじゃ）

氏広は京へのぼって和睦を推し進めた働きを、公方成氏からねぎらわれたのがとても嬉しかった。そして、格別に名誉なことだと思った。

それは、古河公方足利成氏を支える副帥《ふくすい》としての名に恥じない働きぶりであったと言えよう。歴代の結城家当主に引けをとらない公方への忠誠を示すものであった。この時、結城氏広は充実感にあふれた幸せな気分にひたっていた。

しかし翌年、結城氏広は三十歳の若さで他界する。まだ少年ともいえる頃から幾多の戦いで功を上げ、病を押して公方成氏のために奔走した無理がたたり、あまりに短い生涯を閉じたのであった。

結城氏広が京からもどり、成氏に足利義政からの言葉を伝えた翌年、文明十三年（一四八一）春に、成氏の嫡子である鶴王丸の元服《げんぷく》の儀が執り行われ、名を政氏《まさうじ》と改めた。元服の儀はふつう十一歳から十五、六歳までに行われることになっており、鶴王丸は十五歳であった。元服というのはもともと中国では、頭髪を整えて被《かぶ》り物を頂き、成人の服を着用し、大人の仲間入りをする儀式であり、現代の成人式にも通ずるものがあるといえよう。

若君に烏帽子をかぶせる加冠《かかん》役は、本来であれば関東管領《かんれい》の役目であったが、和睦が成立したとはいえ上杉氏とはまだまだ疎遠であった。それに代わる諸侯は、このころ結城氏広は病に臥せっており、小山《おやま》氏にしても宇都宮氏にしても、代替わりしたばかりで当主が若すぎるという理由でふさわしくなかった。ちなみに、小山氏では持政《もちまさ》が没し、家督を継いだ成長《しげなが》は再び古河公方方に転じていた。よって加冠役は簗田《やなだ》持助が、理髪役は子の成助《しげすけ》が務めた。

鬢所《びんしょ》に充てられた部屋には、十二畳の畳が敷かれ、新調の翠簾《すいれん》がかけられた。若君が出御すると、役人によって箱に入った烏帽子が右、打乱箱《うちみだればこ》が御前、水の入った銀器である「ゆするつき」が左に置かれる。打乱箱は蒔絵が施された唐木製で、櫛、小刀、笄《こうがい》などが納められている。子の簗田成助によって理髪が調えられ、加冠役の持助によって若君に烏帽子がかぶせられる。なお、加冠役をはじめ役人まで皆、白直垂を着ている。

次に会所に場を移し、衣紋《えもん》役の高右《こうう》京亮《きょうのすけ》によって若君の服装が白の狩衣《かりぎぬ》と紫の袴姿に改められる。その後、八幡宮へ向かっての遥拝が済むと、再び会所にもどり祝儀が行われた。加冠役の簗田持助が座につくと、持助から太刀、鎧、弓、矢、鞍馬が進上され、加冠役にも御剣が下される。ついで催された饗応には、公方成氏、御台様《みだいさま》の伝心院殿をはじめ、女房衆も加わり、夜おそくまで盛大に行われた。こうして、政氏の元服の儀はとどこおりなく済んだのであった。

その年の秋になっても、幕府からは和睦についての音沙汰もなかった。業を煮やした足利成氏は、改めて越後上杉房定に幕府との仲介を依頼した。上杉房定は越後守護として上洛の折、あらゆる伝手を使って幕府に働きかけた。今まで消極的だった幕府の宿老たちも、長年にわたり幕府の意向をくんで古河公方と対峙してきた上杉氏の要望とあれば、むげに断るわけにもいかないという空気が支配的となった。そして、ついに翌年の文明十四年（一四八二）十一月、室町幕府と古河公方との間に和睦が成立した。これを〝都鄙《とひ》和睦〟という。むろんのこと「都」は京の幕府のことであり、「鄙」は古河にある公方家のことである。これにより、二十八年間という長きにわたる幕府と関東公方との対立はようやく終止符が打たれたのである。

2

都鄙《とひ》和睦がなり、古河公方《こがくぼう》と上杉氏との間も良好な関係になりつつある中、それを如実に示す象徴的な出来事があった。都鄙和睦から三年半が過ぎた文明十八年（一四八六）の春、扇谷《おうぎがやつ》上杉氏家宰《かさい》の太田道灌《どうかん》の嫡子である資康《すけやす》が古河公方に出仕したのである。前年の十二月、資康はわずか八歳で元服していた。

江戸城から古河城まで、太田資康には烏帽子《えぼし》役の三浦高救《たかひら》が付き添い、他に従者二人が同行した。

古河城主殿《しゅでん》の大広間では、上座にいる公方足利成氏《しげうじ》と対面するかたちで、太田資康が平伏していた。資康からすこし斜めに下がったところで三浦高救が同じように平伏している。成氏の両脇には御供衆が控え、一段下がった脇のところに奉公衆《ほうこうしゅう》の簗田《やなだ》持助が横を向いてすわっていた。

「苦しゅうない、表をあげえい」

成氏のよく通る声が広間に響き渡る。

顔を上げた太田資康はまだ幼く、利発そうな目をしていたが、成氏にはどことなくひ弱そうな感じがした。成氏の嫡男の政氏《まさうじ》もそうだが、育ちのせいか荒々しさがない。それも仕方のないことかと成氏は思った。

「太田資康と申します。以後、お見知りおきを」

憶えてきた口上をたどたどしく言うさまは、微笑みを禁じ得ない初々しいものだった。

「遠路、大儀であった。忠勤に励めよ。ところで父はそくさいか」

「はい、公方様によろしくと申しておりました」

「左様か。ならば、太刀を取らす」

成氏の言葉と同時に、簗田持助が御剣を両手で前に差し上げて、中腰のまま資康の前に進み出る。三浦高救が資康の脇まで進み出て、両手で押しいただくように御剣を受け取る。

「有り難き仕合わせに存じまする」

資康は再び平伏する。

「うむ、下がってよい」

成氏の言葉を合図に、三浦高救は御剣をかたわらにいた従者に預け、太田資康を促していっしょに退室していった。

「何ともかわいいものよ。道灌がいっしょでないのが残念ではあったが」

成氏は目を細めて資康を見送ったが、道灌との対面を楽しみにしていただけに、いささか拍子抜けのようであった。

「上杉にもいろいろ事情があるのでしょう」

簗田持助がとりなすように言う。

「なかなか難しいものよの」

成氏はひとつため息をついた。

お目通りが滞りなく済むと、成氏は座を立って大広間を出た。簗田持助が成氏に従い、その後から御供衆の二人が続いた。縁《えん》の角を曲がって庭に面した側に出ると、庭に植えられた桜の木は花が散り始めているのが見えた。散った花びらがそよ風に運ばれて縁にも舞い降りていた。縁のすこし先にかしこまっている武士が目に入った。素襖《すおう》姿ということは身分の高い武士ではない。茶色の素襖は着古されてくたびれたような印象で、まるで目立たなかった。烏帽子の下の頭は剃髪しているらしく、肌がすこし青白かった。

成氏はその武士の横を通る時に、ただならぬ気配を感じたが、気のせいだと思いそのまま通り過ぎた。後に従っていた簗田持助は、その武士にどこかで会ったような気がした。武士は下を向いており横顔しか見えなかったが、持助はその男が誰か確信した。

簗田持助は武士の横で立ち止まり、声をかけた。

「もしや、太田道灌殿ではありませぬか」

先を歩いていた成氏は足を止めて振り返った。

「なに、道灌じゃと」

成氏はもどってきて、持助と並んで道灌と思しき武士を見下ろした。

持助はかたわらに片ひざついて控えた。

「道灌、苦しゅうない、表をあげい」

成氏はすこしかがみ込むような姿勢で道灌に声をかけた。

道灌はゆっくりと顔を上げると成氏を見た。切れ長の目は興味津々といった感じで輝いている。形のよい鼻の下の口元はかすかに笑いを含んでいる。気品のある顔立ち、それでいて凛々《りり》しい印象。何より驚いたのは、初対面の道灌に対してさえ邪気のないまっすぐな応対ぶりであった。

道灌は思わず後ずさりし平伏した。

「そうかしこまらなくてもよい。道灌、会いたかったぞ」

道灌が再び顔を上げると、成氏は屈託のない笑顔になった。

「もったいなきお言葉。それがしも公方様のご尊顔を拝したくまかり越しました次第」

「うむ、よう参った」

簗田持助も懐かしそうに道灌を見ていた。

「道灌殿、お懐かしい。今まで色々と世話になり申した」

「これは痛み入ります。簗田殿、数々のご無礼、平にご容赦を」

道灌と持助はしばし旧交を温めた。

成氏はすっくと背筋を伸ばすと、もっと道灌と語り合いたい気持ちを抑えて、対面を切り上げる素振りを見せる。成氏も、太田道灌が扇谷上杉氏当主の定正からうとまれ始めている噂を耳にしていた。そして、山内《やまのうち》上杉氏の顕定《あきさだ》と家宰の長尾忠景《ただかげ》からは謀反の疑いさえかけられていることも承知していた。だからこそ、道灌は資康の出仕に事寄せて、お付きの者に身をやつしてまで成氏の前に姿を見せたのだ。表立っての饗応は、どんな災いを道灌にもたらすかわからない。

「道灌、これよりは共に関東の平穏のため力を尽くそうぞ」

「ははッ、道灌、息子ともども身命を賭して公方様にお仕え致しまする」

「うむ」

成氏はひきしまった表情にもどると、持助を促して先へと足を運んだ。持助は道灌に一礼して成氏の後に続いた。道灌は平伏したまま、しばらく動かなかった。桜の花びらが漂ってきて道灌の肩に舞い降りた。

太田道灌の嫡子資康が古河公方に出仕したという報は、山内上杉氏へももたらされたが、当主の顕定は快く思わなかった。

鉢形《はちがた》城の本曲輪《ほんくるわ》と呼ばれる一角に建つ常御殿《つねごてん》では、当主の上杉顕定と家宰の長尾忠景が碁盤をはさんで向かい合っていた。山内上杉顕定は、古河公方との和睦後、太田道灌の進言により鉢形城を居城としていた。

「お聞きになりましたか、お館《やかた》様。太田資康が公方様に出仕した件は」

長尾忠景は碁石を盤上に置きながら、小さな目で顕定を見上げる。

「うむ、聞いておる。苦々しいかぎりじゃ」

顕定は薄い唇をゆがめる。

「道灌の奴、景春《かげはる》の乱鎮圧で功を立てたからといって図にのりおって」

忠景は同じ家宰として敵意をむき出しにする。

「それより扇谷上杉が力をつけた今、公方様と結び付くのがいちばん怖い。関東管領《かんれい》の座をねらいかねないからの」

さすが顕定は読みが深い。景春の乱鎮圧の過程で、太田道灌の活躍により相模と武蔵南部は扇谷上杉氏がほぼ手中に収めた。

忠景が驚いて、碁盤から顔を上げた。

「まさか！　そのような大それたことを」

「ま、ぼんくらの定正なら考えつかぬだろうが、道灌ならやりかねぬ」

「いっそ、討ってしまいましょうか」

忠景は顕定に顔を近づけて声をひそめる。

「そう簡単に討てる相手ではないわ。それより、いい手がある」

顕定は碁石をもて遊ぶ。そして碁盤にぴしゃりと石を打ち込む。

「定正に吹き込むのじゃ。道灌を生かしておけば、自分の身が危ういとな」

「あッ、なるほど」

忠景はにやりと笑う。顕定の細い目には残忍な色が浮かんでいた。


文明十八年（一四八六）夏のある日、足利成氏は改築成った鴻之巣御所の八景間と呼ばれる主室にいた。成氏と向かい合うかたちで、奉公衆の簗田持助がすわっている。成氏の点《た》てた茶を飲みながら、おだやかな表情で世間話をしているようだ。この部屋は八畳間で、襖《ふすま》には夏《か》珪《けい》の山水画が描かれていた。夏珪は中国南宋《なんそう》の宮廷画家で山水画に優れていると評判だ。この画は今から三年前、前将軍の足利義政から東山山荘の図面とともに成氏に贈られてきたものであった。その年、義政は常御所《つねごしょ》が完成したのを機に東山山荘に移ったという。贈り物とともに鴻之巣御所の参考になればという文《ふみ》が添えられていた。

成氏はその二年後、鴻之巣御所の改築にとりかかった。今まであった主殿、台所、厩《うまや》、御《お》雑色《ぞうしき》のいる詰所などは、古いところを直す程度にとどめた。新たに主殿の西側、敷地の奥の方に義政が送ってくれた図面を参考に常御所を建てたのであった。参考というより、北四間という部屋がなくなり、付書院《つけしょいん》のある四帖敷の部屋を東から西へ移したほかは、いくぶん縮小した部屋があるとはいえ、昼御座所、寝所、御湯殿上、耕作間、広縁などは、ほぼ同じ間取りである。ちなみに、付書院のある四帖敷の部屋を西へ移したのは、敷地の奥にある庭が見えるという理由からであった。付書院というのは、作り付けの文机《ふづくえ》の上方に両開きの障子があり、障子を開けると庭の景色が掛軸になるという仕掛けになっているのである。

今、成氏たちのいる八景間の広縁に面した障子は開けてあり、広縁の外の縁に面した障子も開け放ってあるので、庭の木々の間から沼の水面が傾きかけた日の光を受けて輝いているのが見える。夏も盛りを過ぎ朝晩はいくぶんしのぎやすくなり、鴻之巣御所は沼に半島状に突き出たかたちになっているので、時おり涼を呼ぶ風が吹き抜けていくのであった。

成氏は白の帷子（かたびら）といわれる裏地のない麻布の小袖、簗田持助は紺の帷子を着ていた。

「よもや、このような平穏な日々が訪れるとは夢にも思わなんだ」

成氏は感慨深げに、広縁の向こうに見える庭に目をやる。

「長い間、戦《いくさ》に明け暮れておりましたからなあ」

持助は若かった頃を思い出すように遠い目になる。持助も成氏より一歳下で五十二歳になる。聡明そうなまなざしと鼻筋の通ったきりっとした顔立ちは変わっていなかったが、髪には白いものが混じるようになっていた。

「わしが最近つくづく思うのは、曇芳《どんぽう》和尚の言葉じゃ」

「はて、私はとんと存じませぬが…」

「そうじゃった。持助はいなかったのじゃ。曇芳和尚の竜興寺は桃源郷のようなところでの。わしが羨ましいと言ったら、曇芳和尚が『いずれこういうところに住めるようになりましょう』と言ってくれたのじゃ。その時は半信半疑であったが、その通りになった」

成氏は満足そうな表情になる。

「そのようなことがおありでしたか」

持助は口元をほころばせたが、他にも何か言いたそうな風情であった。二人はしばし沈黙して静かに茶をすすった。近くの林からひぐらしの鳴く声が聞こえてくる。やがて、持助は居ずまいを正すと話し始めた。

「殿、ひとつお願いがござりまする」

「何じゃ、急に改まって」

成氏は茶碗を手にしたまま、けげんそうな顔をする。

「拙者、このたびお暇《いとま》を頂きとう存じまする。後は子の成助《しげすけ》に任せようと思いまする」

持助は頭を下げる。成氏もついこの間、古河公方の座を子の政氏に譲ったばかりであった。

「左様か、好きにするがよい」

成氏はすこしの間、茶碗を持ったまま動かなかったが、やがて茶碗を置くと口を開いた。

「ははッ、もったいなきお言葉。持助、これほど嬉しかった時はござりませぬ」

危うい時が何度かあった。本当によくわしを支えてくれた。心から礼を言うぞ。思えば長らくよく仕えてくれた。持助がいなければ、公方家も
持助は平伏したまま肩をふるわせた。

「時々、ここへ遊びに参れ。和歌なぞ詠んで過ごそうぞ」

「はい」

「右馬介は和歌など無理だが、とんと顔を見せぬがどうしておる」

「はい、野田殿は女房衆に漬物のつけ方など教えておりまする。先日も狸汁《たぬきじる》などふるまってくれました」

「ははッ、あやつらしいの」

成氏と持助は顔を見合わせて、おかしそうに笑った。

「さて、ようやく日も暮れかかってきたわい。持助、庭でも歩かぬか」

「よろしいですな」

二人は立ち上がり、縁に出てかかとのない足半《あしなか》というわらじをはくと庭におりた。成氏は飛び石伝いに庭の奥の方に歩いていき、簗田持助も後に従った。庭のいちばん奥にはあずま屋があり、四方に柱が立てられ柱の間の三方には腰板が張られていた。屋根はわら葺である。四畳半ほどの広さの内部には縁台が置かれていた。成氏は縁台に腰を下ろすと、持助に隣にすわるように手で示した。

「これは風流なものをお作りになられましたな」

持助は成氏の隣に腰かけながら言った。

あずま屋のすぐ横は、沼へと続く斜面になっており、木々が生い茂っていた。

「これは『泉水亭』と名付けた」

成氏は腰板の上にあいている空間から沼の方向に目をやった。

「確か、斜面の途中に泉が湧いておりましたな。それで泉水亭と」

持助は合点がいったという風にうなずいた。

「うむ、沼まで下りられるように道を付けたのだ。その途中に泉があって、茶を点てるのに水が汲めるように竹樋を渡しておる」

成氏はすこし得意そうに説明する。持助は感心したように成氏の顔を見る。日はかなり傾き、木々の間からあかね色の光が差してくる。沼から吹いてくる風が涼を運んできた。二人はそうした自然の息吹を楽しんでいるらしく、おだやかな表情をしている。

そこへ静けさを破って、小走りにやってくる家来の姿が見えた。近づくにつれ御雑色の河連国久だとわかった。河連国久はあずま屋の入口まで来ると、片ひざを地面についてかしこまった。息がはずんでおり、烏帽子の下の顔は蒼白だった。

「どうした国久、何があった」

成氏は国久の様子からただならぬものを感じて声を荒げた。成氏と持助はとっさに立ち上がっていた。

「申し上げます。太田道灌様が殺害された由にござります」

成氏は国久の言葉が信じられないといった風情で、顔をこわばらせた。

「それは、まことか！　して、誰に」

「一昨日のこと、扇谷定正様のお屋敷にて家来の者に切られたとのことでござります」

「何と、おろかなことを！　定正め、血迷ったか」

成氏はこぶしを握りしめ、歯を食いしばった。持助は体の力が抜けてしまい、縁台にへたり込んでしまった。

「おそらく山内上杉顕定が定正をそそのかしたに違いありませぬ」

持助はかすれた声で、途切れ途切れに言葉を発した。

「やっと平穏な時代になると思ったが、これでまた戦乱の世に逆戻りか…」

成氏はあずま屋を出て西の空を振り仰いだが、日はすでに没しつつあり、空には早くも暗雲が立ち込めようとしていた。


長享《ちょうきょう》元年（一四八七）十二月、扇谷上杉定正に太田道灌を殺害させた山内上杉顕定は、扇谷上杉方の足利長尾氏を攻め、二十年間にわたる山内上杉と扇谷上杉の戦いの火ぶたを切った。長享の乱と呼ばれる上杉同士の泥沼の戦いである。その最中の明応三年（一四九四）に扇谷上杉定正は渡河《とか》中に落馬し、不慮の死を遂げてしまう。そして、太田道灌が死の直前に発したとされる「当方滅亡」という言葉通りに、扇谷上杉氏は山内上杉氏に飲み込まれて乱は終結する。その数年後、山内上杉顕定は弟房能《ふさよし》を助けるべく越後へ向かったが、あえなく戦死してしまう。

明応六年（一四九七）、足利成氏は六十四歳でその波乱に満ちた生涯の幕を閉じた。幼少期に苦労し、その後歩んだ道も決して平坦ではなかった成氏だったが、晩年にはおだやかな日々を送れたのは救いだったかもしれない。そして、古河公方家は五代、百二十八年間にわたり関東の盟主として君臨し続け、古河は関東の中心として栄えたのであった。

（完）

〈参考文献〉

佐藤　博信「中世東国の支配構造」（思文閣出版）
市村　高男「東国の戦国合戦」（吉川弘文館）
西ヶ谷恭弘「中世の古河城」（古河市史研究11）
市村　高男「古河公方の権力基盤と領域支配」（古河市史研究11）
二木　謙一「中世武家の作法」（吉川弘文館）
黒田　基樹「図説・太田道灌」（戎光祥出版）
亀田　俊和「観応の擾乱」（中公新書）
齋藤　慎一「中世を道から読む」（講談社現代新書）
小出　　博「利根川と淀川」（中公新書）
横井　　清「東山文化」（平凡社ライブラリー）
「戦国時代人物事典」（学研）
「戦国合戦大全（上巻）」（学研）

著者略歴

北見輝平（きたみ　てるへい）

昭和29年（1954）北海道美幌町に生まれる。

幼・少年時代を茨城県古河市で過ごす。

立教大学文学部ドイツ文学科卒業

鄙《ひな》の御所《ごしょ》　―古《こ》河《が》公方《くぼう》 足利成氏《あしかがしげうじ》―

2019年10月20日　初版第1刷発行

著　　者　北見輝平

企　　画　千保木宏毅オフィス

発 行 所　株式会社　さきたま出版会

〒336-0022　さいたま市南区白幡3-6-10

電話048-711-8041　振替00150-9-40787

印刷・製本　関東図書株式会社

Teluhei Kitami© 2019 ISBN 978-4-87891-466-9 C 0093